角川学芸ブックス

一億人の季語入門

長谷川櫂

一億人の季語入門　目次

第一章　すべての季語に本意がある――春の季語……7
すべての季語に本意がある　9
「季節の本意」を知る　11
季語と季題を使い分ける　12
季重なりを気にしない　15
春の季語の使い方　18
立春／日永／遅日／行く春／朧／春の雪／淡雪／霞／春の山／雛祭／桜餅／春眠／涅槃会／西行忌／猫の恋／猫の子／雲雀／椿／桜／山桜／花／桃の花
第二章　「切れ」は季語を生かす――夏の季語……55
「切れ」は季語を生かす　57
一物仕立てと取り合わせ　59
「ただごと俳句」を抜け出す　63
取り合わせの詠み方　65
夏の季語の使い方　69

短夜／明易し／夏の夜／涼し／炎天／夏野／滝／更衣／粽／蚊帳／団扇／時鳥／鮎／金魚／蛍／牡丹／卯の花／若竹

第三章　「惜しむ」ということ——秋の季語……103

「惜しむ」ということ　105
八月は死者の月　107
秋の季語の使い方　110
立秋／新涼／月／盆の月／後の月／天の川／秋風／稲妻／七夕／新酒／小鳥／雁／鯛／虫／紅葉／朝顔／鶏頭／萩／桔梗

第四章　時候の季語の落とし穴——冬の季語……147

時候の季語の落とし穴　149
無季の句について　152
江戸時代の時刻　155
冬の季語の使い方　159
立冬／小春／凩／時雨／霰／雪／氷／柚湯／冬籠／埋火／焚火／狐／河豚／海鼠／

帰り花／山茶花／落葉／水仙

第五章　新年詠はめでたく詠む――暮と新年の季語……189

新年詠はめでたく詠む　191
暮と新年の季語　192
二十四節気は季節の目安　196
暮の季語の使い方　200
師走／数へ日／年の市／煤掃／門松立つ／除夜の鐘
新年の季語の使い方　209
初春／去年今年／初空／初富士／蓬萊／屠蘇／雑煮／獅子舞／春着／初湯／初夢／初鴉／若菜

作者別掲載句索引　237
〈あとがき〉……すべては芭蕉から生まれた　253

図1：江戸時代の時刻　157　図2：二十四節気による季節の区分　197

第一章　すべての季語に本意がある——春の季語

すべての季語に本意がある

季語は切れとともに俳句の命です。季語を効果的に使えるかどうか。時に応じて大胆に、あるいは繊細に使えるかどうかで、俳句の成否がきまります。俳句を評するとき、「この季語は動かない」「この句は季語がよく効いている」という言葉を使いますが、この「動かない」「効いている」というのは、季語が効果的に使われていることをいっているのです。

では、どうすれば季語を効果的に使えるか。実は「季語を効果的に使う」ということには二つの意味があります。まず一つはどの季語を選ぶかということ。

夏草や兵《つわもの》共《ども》がゆめの跡　芭《ば》蕉《しょう》

この句を例にすると、「夏草」にするか、「時鳥」にするか。もし夏でなくてよければ、「陽炎」にするか、「秋風」にするか。このように、どの季語を選ぶか、これが第一の問題です。

次に、そこで選んだ季語をどう使うか。これが第二の問題になります。「夏草や」とするか、「夏の草」とするか。また、その季語を句の初めにかぶせるか、終わりにすえるか、途中に入れるか。

季語を使う上でのこうした問題を一つ一つ解決してゆくのにいちばん大事なことは、季語の本意《ほんい》を知ることです。本意に従うにしろ、背くにしろ、これを知っていなくては話になりません。

では、季語の本意とは何か。たとえば、春雨は昔から「降るとなく上がるとなく、音もなく降りつづく」（『三冊子』）ものとされてきました。これが春雨の本意です。

はるさめや暮《くれ》なんとしてけふも有《あり》　蕪《ぶ》村《そん》

この句は春雨の本意に即して詠まれているのがわかります。

季語に本意があるというと、季語は変わり映えしない、堅苦しいものと思われるかもしれませんが、ちょっと違います。それどころか、季語はさまざまに姿を変える変幻自在な生きものです。使い方次第で、今まで見たこともない輝きを見せることもあります。

「薄氷《うすらい》」はもともと「氷」同様、冬の季語だったのですが、春浅い感じを見つけて初春の季語にしたのは近代の俳人たちです。「夜の秋」も「秋の夜」と同じ秋の季語として使われていたのですが、晩夏の季語になりました。「滝」は無季だったのですが、涼味を見出して夏の季語にしました。

長い目で眺めると、季語は氷河が流れるように、星雲がめぐるように、少しずつ動いている。いわば一句詠まれるごとに季語は姿を変えているのです。

「季節の本意」を知る

鶯は春の到来を知らせる鳥、短夜はたちまち明けてしまう夏の夜。このように、すべての季語には本意があります。俳句を詠む場合、この季語の本意を心得ていないと、季語のもつ力を存分に発揮させることができません。新年の句（新春詠）を詠むには、新年の季語の本意を知っていなくてはなりません。

この本意というものは何も季語だけにあるのではありません。この世に存在するあらゆるものに本意があります。食器がよい例です。食器にはさまざまな素材、形、色のものがありますが、食器の本意は食べものを盛るということ。

これは簡単なことのようですが、もし穴が開いていたり、すわりが悪かったりして、食べものを盛れなければ、いいかえると、食器の本意からはずれていれば、どんなに芸術的であろうと高価であろうと食器としては失格。粗末な一枚の皿にかなわないのです。

服には服の、料理には料理の、家には家の本意がある。また、お金にはお金の、国家には国家の本意があります。このようにあらゆるものに本意があり、何ごとも本意を心得て取り組まなければうまく運びません。

同じように、季節には季節の本意があります。春は万物の命が目覚める季節、夏は涼しさを求める季節、秋は夏を越してほっと一息つく季節、冬は暖炉の火のように華やかな季節、そして、新年は年の初めのめでたい季節です。これが四季と新年それぞれの本意です。

大事なことは、一つ一つの季語はこの季節の本意の上に成り立っているということ。鶯を愛《め》でるのは長閑《のどか》な春の到来を告げる鳥だからです。夏の短夜を愛するのは昼とちがって夜は涼しいからです。

雑煮、初湯、獅子舞などの新年の季語はみな新年というめでたい季節の本意の上に成り立っています。そこで新年の句はこの新年の本意を踏まえてめでたく詠むことが大事です。新しい年の到来を喜び、この一年がよい年であるようにと願いをこめて。縁起の悪い句や景気の悪い句は新春詠ではありません。

季語と季題を使い分ける

季語と季題はしばしば混同されます。しかし、この二つは意味のちがう用語なので、はっきり使い分ける必要があります。

まず季語は文字どおり「季節の言葉」です。そこで鶯（春）や萩（秋）のように季節を表わす言葉はみな季語です。昔は「季の詞」と呼びました。

一方、季題は「季節の題」です。いちばんわかりやすいのは題詠の場合です。題詠とは題を出して（たいていは競い合って）詩歌を詠むこと。その題が鶯や萩のように季節を表わす季語である場合、それを季題と呼びます。季題とは「題になった季語」のことなのです。昔は「季の題」と呼びました。

もちろん題詠の題となるのは季語ばかりではありません。光や波など季節とかかわりのない無季の言葉を題にすることもあります。そのような無季の題は季題に対して「雑《ぞう》の題」と呼びます。

ところが、題詠でなくても季語を一句の主題（テーマ）として句を詠む場合、季題と呼ぶことがあります。高浜虚子が「俳句は季題を詠ずる文学なり」「季題趣味」というときの季題がこれです。「季題を詠ずる」とは、一つの季語を心に掲げ、一句の主題として俳句を詠むことです。この場合も季語は季題と呼ばれます。

季題は一句の主題ですから、必ずしも句に詠みこむ必要はありません。むしろ無理に詠みこまないほうが、垢抜けてすっきりしている。その結果、季語はないのに季題＝一句の主題はある句があります。

年どしや猿に着せたる猿の面　芭蕉

季語はありませんが、「元旦」と前書があります。そこで季題＝一句の主題は元旦（新年）。

風が吹く仏来給ふけはひあり　高浜虚子《たかはまきよし》

季語も前書もありませんが、季題＝一句の主題は迎火（秋）。この二句は季語はないが、季題はある。

梅一輪一輪ほどの暖かさ　嵐雪《らんせつ》

この句には梅という春の季語がありますが、「寒梅」と前書があります。季題＝一句の主題は寒梅（冬）。春の季語があるのに春ではなく冬の句です。

山本健吉は季語が長い時間をかけて成熟して季題になると考えました。そうすると、季語の中には季題＝成熟した季語とただの季語があることになります。それらが雪、月、花、時鳥、紅葉という「五箇の景物」を頂点にしてピラミッド状の階層を作っているというのです（「歳時記について」「季題・季語表」、文藝春秋刊『最新俳句歳時記 新年』所収）。

壮大な構想ですが、これではある季語が季題＝成熟した季語なのか、それとも、ただの季語なのか、肝心のところがはっきりしません。

季語は季節を表わす言葉、季題は季節を表わす題とするほうがすっきりしています。

季重なりを気にしない

俳句には季語を入れるという約束があります。ただ季語をいくつ入れてもいいのではなく、季語を一つ入れるということになっています。

では、なぜ一つなのか。季語は文字どおり「季節の言葉」ですが、単に記号のように季節を表わすだけでなく、その言葉にまつわる日本人のさまざまな思い出がその中に仕舞いこまれている言葉です。このように季語は想像力の賜物であり、季語のもつ世界を「季語の宇宙」といいます。

俳句に季語を一つ入れるという約束があるのは、もし、このような季語を十七音しかない俳句に二つも三つも入れると、季語の宇宙がぶつかり合って窮屈になるからです。挙句の果てには俳句が壊れてしまう。このように、季語を二つも三つも入れたために破綻《はたん》している俳句を「季重なり」というのです。

まず、この原則をしっかり理解してください。

しかし、実際には一句の中に季語が二つ以上入っていても、ほとんどの場合、何の問題もありません。次の句をみてください。

目には青葉山ほととぎすはつ松魚　素堂《そどう》

行く春を近江の人と惜しみける　芭蕉

梅若菜まりこの宿のとろゝ汁　〃

みな名句の誉れ高い句ですが、季語が複数入っています。素堂の句は青葉、時鳥、初鰹。芭蕉の一句目は「行く春」と「春惜しむ」。二句目は梅と若菜。これらの句には二つも三つも季語が入っていて、俳句には季語を一つ入れるという大事な約束を破っているのに、なぜ名句といわれるのか。

それにはわけがあります。一句ずつみてゆくと、まず素堂の句は海辺の町、鎌倉の初夏をたたえる句ですが、青葉と時鳥と初鰹のうち、誰が読んでも明らかに初鰹に重心がおかれています。つまり、この句には三つの季語がありますが、初鰹の句なのです。いいかえると、ほかの二つ、青葉と時鳥は初鰹の添えもの。鰹の刺身のつまのようなものです。

芭蕉の「行く春を」の句は、「行く春」が大きな季語。「春惜しむ」のほうは「行く春」を惜しむわけですから、「行く春」という季語から生まれた、いわば子どもの季語なのです。

梅若菜の句は、梅は初春の季語ですが、若菜は新年の季語。新暦のもとでは初春（二月）と新年（一月）はひと月ずれていますが、芭蕉の時代、旧暦ではどちらも同じ一月（今の二月）でした。ただ、梅は一月中ならいつでも使えますが、若菜は一月早々、せいぜい松の内しか使えない。一月も半ばを過ぎれば、もはや時季遅れです。

つまり、梅よりも若菜のほうが季節を限定する力が強い。芭蕉のこの句では「梅若菜」といっているものの、梅よりも若菜のほうが季語として強く働いているわけです。素堂の句と同じく、若菜が一句の主役、梅は脇役ということになります。

これらの例から次のことがわかります。

一、まず季語には強弱があること。

二、一句に複数の季語がある場合、強い季語が主たる季語として働き、弱い季語は従たる季語、いわば添えものとして働くこと。

三、したがって、一句に複数の季語があっても、たいていの場合、ただちに季重なりとなるわけではないこと。

四、季重なりが問題になるのは、一句の中にほぼ同じ力の季語があって、主従の決着がつかない場合だけであること。

このように、俳句に季語が二つ以上あっても、「俳句には季語を一つ入れる」という大原則ですべてダメな句として切り捨てるわけにはゆきません。では、どうすればいいか。一句一句、二つ、あるいは三つの季語がうまく調和しているかどうかを確かめてゆくしかありません。

人間が一人一人みな違うように、俳句は一句ごとにみな異なる。もし、一つの原則ですべて片づいてしまうのなら俳句は文芸でも何でもありません。一律にさばく原則など、実はあってなきがごときもの。だからこそ俳句は奥深く、おもしろいのです。

季重なりについては、あまり気にしないで自由に詠むことこそ大事です。むしろ、気にして直したりすると、かえってつまらない俳句になってしまいます。

春の季語の使い方

これから、この季語の使い方＝生かし方をみてゆくことにします。

初めに「季語は切れとともに俳句の命」といいましたが、季語と切れは一体です。切れによって季語は生かされ、季語によって切れは深まる。そこで、ここでは切れをそのつど斜線／で示すことにします。

春は万物の命が目覚める季節。これが春という季節の本意。春の季語はみなこの春という季節の本意の上に成り立っています。


（季語見出しの下の 初 仲 晩 三 は、それぞれ「初春」「仲春」「晩春」「三春」の略号とした）

立春《りっしゅん》

初　春立《はるた》つ・春来《はるく》る・春《はる》さる・立春《りっしゅん》大吉《だいきち》

立春は春の初めの日。まだ厳しい寒さの中で天地が春を喜び迎える日です。これが本意。

春立ちてまだ九日の野山かな　　芭蕉

／春立ちてまだ九日の野山かな／

一物仕立《いちぶつじた》て。立春からまだ十日もたっていないのに、野山には冬の間とはどことなく違う春の気配がたちこめている。生まれたばかりの春をたたえているのです。

芭蕉の郷里、伊賀上野での句。太陽暦では立春は二月二、三日ですが、旧暦では新年とほぼ同時にめぐってきました。立春の句には新年の喜びが重なっていたわけです。次の句も同様。

音なしに春こそ来たれ梅一つ　　召《しょう》波《は》

／音なしに春こそ来たれ／梅一つ／

取り合わせ。いつの間にか開いた一輪の梅を見つけて、知らないうちにそっと春は来ていたのだなというのです。句の背後に新年の気配が漂っています。
次は新暦になってからの句。

立春の雪白無垢の藁家かな　　川端茅舎《かわばたぼうしゃ》

／立春の雪白無垢の藁家かな／

一物仕立て。「雪白無垢」は「雪の白無垢」をつづめたものです。真っ白な雪をかぶっている大きな藁家。春になったと思うだけで輝いて見えるのです。

立春の甲斐駒ケ嶽畦の上　　飯田龍太《いいだりゅうた》

／立春の甲斐駒ケ嶽／畦の上／

句中の切れのある一物仕立て。春になったばかりの甲斐駒ケ嶽が田んぼの畦の上にどっしりとのっている。山と大地を一気に結びつけています。甲斐駒ケ嶽が立春の大地の中からぬっと現れたかのようです。

日《ひ》永《なが》

㊂ 永日《えいじつ》・永《なが》き日《ひ》・日《ひ》永《なが》し

冬に比べると、春の一日は長くなったなという感じがします。その春の長い一日が何ごともなく過ぎてゆく。これが日永の本意です。

永き日を遊び暮れたり大津馬　　鬼《おに》貫《つら》

／永き日を遊び暮れたり／大津馬／

句中の切れのある一物仕立て。大津馬は昔、大津の宿で飼われていた荷役の馬。酷使されたことで知られていますが、鬼貫の句は春のある日、荷役を免れて一日中、草原で遊んでいるところ。

永き日のにはとり柵を越えにけり　　芝《しば》不《ふ》器《き》男《お》

／永き日のにはとり柵を越えにけり／

一物仕立て。一日中、庭で餌をついばんでいる鶏が、あるとき、柵に飛び乗り、越えていった。鶏が柵を越える以外、何ごとも起きない長閑な春の一日。

遅《ち》日《じつ》

㊂ 遅《おそ》き日《ひ》・暮遅《くれおそ》し・暮《く》れかぬる・夕長《ゆうなが》し・春日遅々《しゅんじつちち》

遅き日のつもりて遠きむかし哉　　蕪村

／遅き日のつもりて遠きむかし哉／

一物仕立て。日永に近い季語に「遅日」という季語があります。本意は似ていますが、日永は日が永くなったことをいうのに対して、遅日は日暮れが遅くなったことをいいます。

蕪村の句、ゆっくりと暮れてゆく春の日を塵が積もるように幾日も重ねて、何もかも遠い昔のことのように思えるというのです。蕪村の還暦の年の句です。

行《ゆ》く春《はる》

晩　春《はる》の名残《なごり》・春《はる》のかたみ・春《はる》の行方《ゆくえ》・春《はる》の別《わか》れ・春《はる》の限《かぎ》り・春《はる》の果《はて》・春《はる》の湊《みなと》・春《はる》の泊《とまり》・春《はる》ぞ隔《へだ》たる・春行《はるゆ》く・春尽《はるつ》く・春尽《しゅんじん》・徂春《そしゅん》・春《はる》を送《おく》る

「行く春」は春が過ぎ去ろうとしていること。春を惜しむ思いがこもっています。これが本意。「行く春」といえば、過ぎ去る春に重心があり、「春惜しむ」というと、思いのほうに重心がある。一つのことの二つの側面です。どちらも四月半ばから五月初め、立夏の前までの季語です。

行く春を近江の人と惜しみける　　芭蕉

／行く春を近江の人と惜しみける／

一物仕立て。『おくのほそ道』の旅の翌年、芭蕉が近江《おうみ》の門弟たちと琵琶《びわ》湖に舟を浮かべて遊んだときの句です。「行く春を……惜しみける」。これだけでは「行く春」という季語の本意を述べただけであり、「ただごと」にすぎません。ところが、その間に「近江の人と」が入ると、にわかに一句が生彩を帯びる。そこは芭蕉が愛した近江であり、近江の門弟たちとともに去りゆく春を惜しんでいるのです。

この句を存分に味わうには晩春の琵琶湖を思い浮かべてください。

けふ限り春の行方や帆かけ船　　許《きょ》六《りく》

／けふ限り春の行方や／帆かけ船／

取り合わせ。どこか内海のようにも見えますが、許六は彦根の人ですから、これも琵琶湖。あすは立夏、今年の春も今日かぎり。湖水に浮かぶ帆掛け舟を眺めながら春を惜しんでいる。

行く春や一声青きすだれうり　　蓼《りょう》太《た》

／行く春や／一声青きすだれうり／

取り合わせ。町をゆく簾売りの声にいよいよ春も終わりかと行く春を惜しんでいるところ。

「一声青きすだれうり」は「一声」のあとでほんの一呼吸切れます。「一声／青きすだれうり」。青簾を売っているというのですが、「一声青き／すだれうり」、売り声が青いといっているようにも聞こえ、ここに夏の先触れの感じがあります。

朧《おぼろ》

三　草朧《くさおぼろ》・岩朧《いわおぼろ》・谷朧《たにおぼろ》・灯朧《ひおぼろ》・鐘朧《かねおぼろ》・朧影《おぼろかげ》・庭朧《にわおぼろ》・家朧《いえおぼろ》・海朧《うみおぼろ》・朧《おぼろ》めく

春の昼の霞が夜になると朧になるのですが、霞に闇が加わってものの輪郭はいよいよぼうっとしてくる。それが美しくも妖《あや》しくもある。これが朧の本意です。

辛崎の松は花より朧にて　芭蕉

／辛崎の松は花より朧にて／

一物仕立て。琵琶湖のほとり、唐崎神社の女神の化身といわれる松をたたえる句。「花より朧」とは桜の花よりも神々しく美しいというのです。これだけ褒《ほ》められれば、女神も悪い気はしない。

白魚のどっと生るるおぼろかな　一《いっ》茶《さ》

／白魚のどっと生るる／おぼろかな／

取り合わせ。白魚が湧くように生まれてくる。今宵の朧はそんな感じがするというのです。

おぼろ夜のかたまりとしてものおもふ　　加藤《かとう》楸邨《しゅうそん》

／おぼろ夜の／かたまりとして／ものおもふ／

一物仕立て。朧夜にもの思いに耽《ふけ》る自分もまた朧のかたまり。漢字をできるだけ使わず、柔らかなひらがなで書いたところも朧にふさわしい。

貝こきと嚙めば朧の安房の国　　飯田龍太

／貝こきと嚙めば／朧の安房の国／

取り合わせ。「貝こきと嚙《か》めば」と「朧の安房の国」は何のつながりもない。「嚙めば」といっていますが、ここで切れます。「嚙むや」と同じ。

安房は海へ突き出る房総半島の南端部分。作者は今宵、そこにいて活きのいい鮑《あわび》を肴に安房の朧を愛でている。鮑を嚙む「こき」という音が小気味いい。

春《はる》の雪《ゆき》

三　春雪《しゆんせつ》・春吹雪《はるふぶき》・牡丹雪《ぼたんゆき》・桜隠《さくらかく》し

立春を過ぎてから降る雪が春の雪。冬の雪とちがって、どこか明るくはかない印象があります。これが春の雪という季語の本意です。

春雪三日祭の如く過ぎにけり　石田波郷《いしだはきよう》

／春雪三日／祭の如く過ぎにけり／

句中の切れのある一物仕立て。「春雪三日」は春の雪が三日降りつづいたということを簡潔に表わしたもの。厳密にいえば、「春雪」と「三日」の間にも小さな切れがありますが、「春雪三日」のあとの句中の切れだけに／を入れておきます。

明るく、天上の祭のように過ぎ去った春の雪を惜しんでいるのです。

春の雪青菜をゆでてゐたる間も　細見綾子《ほそみあやこ》

／春の雪／青菜をゆでてゐたる間も／

句中の切れのある一物仕立て。台所で青菜を茹《ゆ》でている間も外では春の雪が舞っている。料理を作りながら、鍋の中でおどる青菜の青に春の到来を見てとった一句です。「春の雪」の「春」の一字が躍動しています。もし「春の雪」でなく「昼の雪」のような冬の季語であったら、青菜を茹でている間中、雪が降っていたというただの説明の句になってしまいます。

淡雪《あわゆき》

三 あわ雪《ゆき》・泡雪《あわゆき》・沫雪《あわゆき》・綿雪《わたゆき》・かたびら雪《ゆき》・たびら雪《ゆき》・だんびら雪《ゆき》

あはゆきのつもるつもりや砂の上
　　久保田万太郎《くぼたまんたろう》

／あはゆきのつもるつもりや／砂の上／

句中の切れのある一物仕立て。春の雪は淡雪とも牡丹雪ともいいます。どちらも本意は春の雪と同じですが、淡雪といえば、いっそうはかない感じが、牡丹雪といえば、牡丹の花のような華やかさが加わります。

万太郎の句は淡雪の本意をしっかり押さえて、はかない淡雪でありながら、どうやら今日は積もりそうだとはやしているのです。

霞《かすみ》

㊂ 薄霞《うすがすみ》・遠霞《とおがすみ》・八重霞《やえがすみ》・横霞《よこがすみ》・叢霞《むらがすみ》・朝霞《あさがすみ》・昼霞《ひるがすみ》・夕霞《ゆうがすみ》・春霞《はるがすみ》・霞《かすみ》の海《うみ》・霞《かすみ》の波《なみ》・霞《かすみ》の衣《ころも》・霞《かすみ》の帯《おび》・霞《かすみ》の袖《そで》・霞《かすみ》の網《あみ》・霞《かすみ》の棚《たな》・霞《かすみ》の谷《たに》・草霞《くさかす》む・有明霞《ありあけがすみ》・晩霞《ばんか》・霞《かすみ》の袂《たもと》・霞隠《かすみがく》れ・霞棚引《かすみたなび》く・霞立《かすみた》つ

春はうらうらと霞みわたる。眠たくなるような長閑さが霞という季語の本意です。霞は広々とした景色を表わす季語ですから大きく詠みたい。ただ、そのあまり句が漠然とならないように気をつけること。

春なれや名もなき山の薄霞　芭蕉

／春なれや／名もなき山の薄霞／

句中の切れのある一物仕立て。名もなき山が薄く霞んでいるところをみると、春になったようだというのです。ある年の早春、大和を旅しながらの句。あたりの山々に懐かしさと親しみをこめて「名もなき山」と呼びかけています。

荒あらし霞の中の山の襞　芥川《あくたがわ》龍之介《りゅうのすけ》

／荒あらし／霞の中の山の襞／

句中の切れのある一物仕立て。ある山の険しい襞《ひだ》が霞の中で眠っている。「荒あらし」という言葉によって、その山襞がありありと目に浮かぶ。芭蕉の句は大和のまろやかな山でしたが、この句には東国の険しい山の感じがあります。

修学院村にやすらふ春霞　中田《なかた》剛《ごう》

／修学院村にやすらふ春霞／

一物仕立て。春霞が修学院村にたなびいている。それを「やすらふ」というと、まるで人がたたずんでいるような感じがします。春の女神の佐保姫を重ねてもいい。修学院村は京都の北東、修学院離宮のあるあたりの山里です。

「やすらふ」は「たゆたう」「足を止めてたたずむ」という意味の言葉です。時代が下ると、「休む」という意味でも使われました。

この句の「やすらふ」は連体形で「春霞」にかかりますが、終止形ととることも可能です。すると、ここで切れて、自分が修学院村で休んでいるということに春霞を取り合わせた句ということになりますが、この解釈はありきたりでつまらない。春霞が人を感じさせるところがこの句のおもしろいところです。

春《はる》の山《やま》

三　春山《はるやま》・春嶺《しゅんれい》・春《はる》の富士《ふじ》

春の山は草木鳥獣の命の喜びが満ちている。これがこの季語の本意です。

春の山屍を埋めて空しかり　　高浜虚子

／春の山／屍を埋めて空しかり／

句中の切れのある一物仕立て。意味は「春の山に屍《かばね》を埋めて空しかり」ということ。鎌倉で源頼朝をしのぶ漢詩の軸を見て詠んだ句です。このあたりの春の山に頼朝の屍が埋まっている。英雄を葬ったあとの深閑とした思い。花咲き、鳥のさえずる春の山だからこそ、かえって空しい感じがする。

春の山たたいてここへ坐れよと　　石田《いしだ》郷子《きょうこ》

／春の山／たたいてここへ坐れよと／

句中の切れのある一物仕立て。春の山に遊びにきて、これからお弁当にしよう、空を眺めようというのです。柔らかな若草が絨毯《じゅうたん》のように覆っているところを叩いて「ここへ坐れよ」といってくれた。それをいきなり「春の山たたいて」といったので愉快な句になった。ポンポンと叩かれる丸い春の山が目に浮かびます。

この句もほかの季節の山ではうまくいきません。夏の山や秋の山では草が茂りすぎて虫に刺されそうですし、冬の山では寒くてたまらない。

雛祭《ひなまつり》

仲

雛《ひな》・ひいな・雛事《ひいなごと》・雛飾《ひなかざ》り・雛人形《ひなにんぎょう》・雛《ひな》の調度《ちょうど》・雛道具《ひなどうぐ》・雛屏風《ひなびょうぶ》・雛壇《ひなだん》・雛《ひな》の膳《ぜん》・雛《ひな》の酒《さけ》・雛《ひな》の盃《さかずき》・雛料理《ひなりょうり》・紙雛《かみびな》・立雛《たちびな》・土雛《つちびな》・内裏雛《だいりびな》・御所雛《ごしょびな》・親王《しんのう》雛《びな》・女夫雛《みょうとびな》・享保雛《きょうほうびな》・変《か》わり雛《びな》・糸雛《いとびな》・吉野雛《よしのびな》・菜《な》の花雛《はなびな》・京雛《きょうびな》・奈良雛《ならびな》・押絵雛《おしえびな》・きめこみ雛《びな》・こけし雛《びな》・木彫雛《きぼりびな》・官女雛《かんじょびな》・随臣《ずいしん》・五人囃《ごにんばや》し・雛《ひな》の箱《はこ》・雛《ひな》の日《ひ》・雛《ひな》の夜《よる》・宵節句《よいせっく》・雛飾《ひなかざ》る・初雛《はつびな》・古雛《ふるびな》・雛《ひな》の燭《しょく》・雛《ひな》の間《ま》・雛《ひな》の宴《えん》・雛《ひな》の家《いえ》・雛《ひな》の宿《やど》・雛《ひな》の客《きゃく》・雛椀《ひなわん》

三月三日、雛祭は女の子の祭。これが本意。注意すべきことがあります。

雛祭の句を詠む場合、女の子が幸せになりますようにと願うお祭であるという雛祭の本意を忘れてはなりません。人形というと無気味なことを連想する人もいますが、不吉な句は禁物。

もう一つ。今の暦の三月三日は仲春ですが、旧暦時代の三月三日は晩春（今の四月）でした。江戸時代の句と明治以降の句は季節が変わってしまいました。

綿とりてねびまさりけり雛の顔　其角《きかく》

／綿とりて　ねびまさりけり／雛の顔／

句中の切れのある一物仕立て。一年間、大事にしまってあったお雛様を箱から出して飾るところ。顔にかぶせてあった綿をとると、その顔が去年よりしっとりと落ち着いた感じがするというのです。「ねぶ」は成長する、大人びること。

天平のをとめぞ立てる雛かな　水原秋桜子《みずはらしゅうおうし》

／天平のをとめぞ／立てる雛かな／

句中の切れのある一物仕立て。まるで天平の少女のようだと立ち雛の姿をたたえています。

形の上では「天平のをとめぞ」で切れますが、意味は「天平のをとめの立てる」と同じ。切字の「ぞ」がここでは調子を高めるためだけに使われています。

老いてこそなほなつかしや雛飾る　及川《おいかわ》貞《てい》

／老いてこそなほなつかしや／雛飾る／

句中の切れのある一物仕立て。若いころは年をとればお雛様とは縁がなくなるだろうと思っていたのに、年をとってみるといよいよ懐かしい。老人の心の奥にある艶やかなものを詠んでいます。

黒髪の根よりつめたき雛かな　田中裕明《たなかひろあき》

／黒髪の根よりつめたき雛かな／

一物仕立て。お雛様の黒髪がその根から冷えているというのです。人形の黒髪が現し身の女性の黒髪をありありと想像させます。

この句は「黒髪」をある現実の女性の黒髪とみて、それにお雛様を取り合わせたととることもできます。しかし、この解釈は黒髪に雛で付きすぎ。

桜《さくら》餅《もち》　晩

鶯餅、蕨餅、草餅（蓬餅）、桜餅、椿餅。春にはいろいろの餅があって、みな本意が異なります。桜餅には文字どおり桜の花の面影がある。

三つ食へば葉三片や桜餅　　高浜虚子

／三つ食へば葉三片や／桜餅／

句中の切れのある一物仕立て。葉一枚ではさんである桜餅なら、三つ食べれば三枚の葉が残る。当たり前のことですが、桜餅を食べる喜びがあふれている。

さくら餅うち重りてふくよかに　　日《ひ》野《の》草《そう》城《じょう》

／さくら餅／うち重りてふくよかに／

句中の切れのある一物仕立て。重なっているところがいかにも桜餅らしい。桜の花の面影を宿す桜餅だからこそ、こんな句が詠めるのです。

春眠《しゅんみん》

㊂ 春睡《しゅんすい》・春《はる》の眠《ねむ》り・春眠《はるねむ》し

春眠は春の心地よい眠り。この心地よいということがこの季語の本意です。夜の眠りにも、朝、なかなか目が覚めないことにも、昼間、眠くて仕方ないことにも使います。

春眠を貪る自分や人の姿を外から描くことも、春眠の中の世界を描くこともできます。眠りや夢の世界を描くとき、忘れてならないのは曖昧《あいまい》にならないよう、ありありと描くこと。

金の輪の春の眠りにはひりけり　　高浜虚子

／金の輪の春の眠りにはひりけり／

一物仕立て。春の眠りの心地よさを金の輪に入るといっています。入り口に大きな金の輪が輝いている。その奥に春眠の世界がある。

春眠の中に入りきて鯉うごく　　廣瀬直人《ひろせなおと》

／春眠の中に入りきて鯉うごく／

一物仕立て。春眠の最中、大きな鯉の夢を見たのです。「うごく」が鯉をいきいきと描いています。

涅槃会《ねはんえ》

初

涅槃《ねはん》・お涅槃《ねはん》・涅槃《ねはん》の日《ひ》・涅槃忌《ねはんき》・仏忌《ぶつき》・涅槃像《ねはんぞう》・涅槃絵《ねはんえ》・寝釈迦《ねしゃか》・仏《ほとけ》の別《わか》れ・二月《にがつ》の別《わか》れ・去《さ》りし仏《ほとけ》・鶴《つる》の林《はやし》・涅槃寺《ねはんでら》・涅槃講《ねはんこう》・涅槃《ねはん》粥《がゆ》・涅槃変《ねはんへん》・団子《だんご》撒《ま》き・涅槃図《ねはんず》・涅槃仏《ねはんぶつ》

釈迦《しゃか》の死が涅槃、その命日の法要が涅槃会。ほかの忌日の季語同様、釈迦の遺徳をしのぶ、これが本意です。旧暦の仲春二月十五日、太陽暦では三月ですが、初春二月十五日に営むところもあります。

涅槃会や花も涙をそゝぐやと　　素堂

／涅槃会や／花も涙をそゝぐやと／

句中の切れのある一物仕立て。「涅槃会や」と切っていますが、意味は「涅槃会では」と同じ。

釈迦が亡くなったとき、かたわらの沙羅双樹の紅の花は白く色を変え、天上からは蓮華の花びらが舞い降りた。人や鳥獣だけでなく、草木も歎き悲しんだことを「花も涙をそゝぐ」といったのです。

美しき印度の月の涅槃かな　阿波野青畝《あわのせいほ》

／美しき印度の月の涅槃かな／

一物仕立て。釈迦が亡くなった旧暦二月十五日は満月。きっと南の国の印度の美しい月が死の床を照らしていただろうというのです。

西行忌《さいぎょうき》

仲　円位忌《えんいき》

忌日の季語は人の命日を季語にしています。その人をしのぶ以外に本意はありません。

西行忌という季語は歌を詠み、旅をし、花を愛し、月を愛でた西行をしのぶ、これが本意です。西行が亡くなったのは文治六年（一一九〇年）二月十六日、太陽暦の三月三十日でした。仲春三月の季語です。

西行には「ねがはくは花の下にて春死なんそのきさらぎのもち月のころ」という歌があります。お釈迦様の入滅した二月十五日ごろに死にたい。お釈迦様は沙羅双樹のもとだったが、私は桜の花の下で死にたいという二つの願いをこめた歌です。

太陽暦は旧暦より平均ひと月遅れますから、お釈迦様の命日、涅槃会は太陽暦ではふだんの年ですと三月半ば。桜はまだ咲きません。ところが、この年はたまたま涅槃会が太陽暦の三月三十日までずれこんだので、桜の花時と重なった。

こうしためぐりあわせで西行は願いどおり涅槃会に一日遅れ、桜の花の下で亡くなった。二つの願いがかなったことが西行忌をめでたいものにしています。

ほしいまま旅したまひき西行忌　　石田波郷

／ほしいまま旅したまひき／西行忌／

句中の切れのある一物仕立て。今日は西行忌、思えば存分に旅をした人だったというのです。旅をよくした西行をしのぶ一句。この句など「旅したまひき」（終止形）の切れが大事。「旅したまひし」（連体形）では説明の句になってしまいます。

花あれば西行の日とおもふべし　角川源義《かどかわげんよし》

／花あれば西行の日とおもふべし／

一物仕立て。こちらは桜の花に、花を愛し、その下で亡くなった西行をしのぶ一句。「西行の忌」ではなく「西行の日」としたことが、この句を大きく、めでたいものにしています。

猫《ねこ》の恋《こい》

初　猫《ねこ》の妻恋《つまこい》・恋猫《こいねこ》・猫《ねこ》さかる・浮《う》かれ猫《ねこ》・猫《ねこ》の夫《つま》・猫《ねこ》の妻《つま》・猫《ねこ》の契《ちぎり》・春《はる》の猫《ねこ》・戯《たわ》れ猫《ねこ》・通《かよ》う猫《ねこ》

春は動物たちの恋の季節。その中で季語になっているのは「猫の恋」と「鳥の恋」です。猫の恋はあの小さな獣が恋の炎に身を焼く姿があわれでもあり、滑稽《こっけい》でもある。これがこの季語の本意です。

猫の恋初手から鳴きて哀れなり　野《や》坡《ば》

／猫の恋／初手から鳴きて哀れなり／

句中の切れのある一物仕立て。和歌の時代、人間の恋は進展に従って様式化されました。聞く恋、見る恋、待つ恋、忍ぶ恋、逢う恋、別るる恋、恨む恋など。これによると、恋人たちが思いをとげるまで胸の思いを声にも出さず耐え忍んでいる段階がありました。それなのにうちの猫といったら初めからミャオミャオと鳴いて、これはこれでまた切ないことだというのです。

菜の花にまぶれて来たり猫の恋　一茶

／菜の花にまぶれて来たり／猫の恋／

句中の切れのある一物仕立て。菜の花畑を通って猫が通ってくる。それを「菜の花にまぶれて」といったのです。菜の花まみれの猫とはおもしろい。

恋猫やからくれなゐの紐をひき　松本《まつもと》たかし

／恋猫や／からくれなゐの紐をひき／

句中の切れのある一物仕立て。紐でつながれて飼われている深窓の猫です。その結び目がとけて引きずっている。首にまつわる真っ赤な紐が悩ましい。

猫《ねこ》の子《こ》

晩　仔猫《こねこ》・猫《ねこ》の親《おや》・親猫《おやねこ》・孕猫《はらみねこ》・子持猫《こもちねこ》・猫《ねこ》の産《さん》

子猫がかわいいのはいうまでもありませんが、生まれたばかりの小さな命が、この非情な世界を生きてゆくのかと思うとあわれでもある。これが本意です。

百代の過客しんがりに猫の子も　　加藤楸邨

／百代の過客／しんがりに猫の子も／

句中の切れのある一物仕立て。「百代《はくたい》の過客のしんがりに猫の子も」という意味ですが、「百代の過客」でいったん切った。

「百代の過客」は芭蕉の『おくのほそ道』冒頭の言葉。「月日は百代の過客にして、行《ゆき》かふ年も又旅人也」。月と太陽は宇宙をめぐりつづける永遠の旅人。その行列のしんがりに小さな子猫がついてゆく。実に可憐《かれん》。

貰はれる話を仔猫聞いてをり　上野《うえの》泰《やすし》

／貰はれる話を仔猫聞いてをり／

一物仕立て。生まれて間もなく、母猫から離されて、どこか遠くへ貰われてゆく子猫。何もわからないまま人間たちの話を当の子猫が聞いている。そこに生きもののあわれを見つけた句です。

雲雀《ひばり》

三　姫雛鳥《ひめひなどり》・告天子《こくてんし》・叫天子《きょうてんし》・天鷚《ひばり》・天雀《ひばり》・初雲雀《はつひばり》・揚雲雀《あげひばり》・落雲雀《おちひばり》・朝雲雀《あさひばり》・夕雲雀《ゆうひばり》・諸雲雀《もろひばり》・友雲雀《ともひばり》・雲雀野《ひばりの》・雲雀《ひばり》の床《とこ》・雲雀籠《ひばりかご》・舞雲雀《まいひばり》

雲雀といえば揚雲雀。春の空の高みに上って一日中のどかに囀《さえず》る。これが雲雀の本意です。わざわざ揚雲雀といわなくても、雲雀といえばたいていは揚雲雀のことです。

雲雀より空にやすらふ峠かな　芭蕉

／雲雀より空にやすらふ／峠かな／

取り合わせ。芭蕉が大和の桜井から吉野へ向かう途中、臍《ほそ》峠（細峠）を越えたときの句です。「雲雀より空にやすらふ」とは揚雲雀よりも高い空の中で休んでいるというのです。やすらっているのは芭蕉。峠がやすらっているという一物仕立ての句ではありません。

雲雀落ち天に金粉残りけり　平井照敏《ひらいしょうびん》

／雲雀落ち天に金粉残りけり／

一物仕立て。雲雀が落ちたあとの空はきらきら輝いて、まるで雲雀の金粉が散らばったかのようだというのです。雲雀に金粉がついているはずもなく、その金粉が空に散らばることもありませんが、たしかにそんな感じがします。

椿《つばき》　三

山茶《つばき》・山椿《やまつばき》・乙女椿《おとめつばき》・白椿《しろつばき》・紅椿《べにつばき》・赤椿《あかつばき》・一重椿《ひとえつばき》・八重椿《やえつばき》・玉椿《たまつばき》・千代椿《ちよつばき》・つらつら椿《つばき》・落椿《おちつばき》・散椿《ちりつばき》・藪椿《やぶつばき》・雪椿《ゆきつばき》

梅、椿、桜。この三つは春咲く木の花の代表ですが、それぞれ本意が異なります。このうち、椿だけが常緑樹。濃い緑の葉に紅の花が映えて美しい。これが椿の本意。実際には白も薄紅もありますが、ただ椿というと、緑の葉と紅の花が瞼《まぶた》に浮かぶわけです。

鵯の嘴入るる椿かな　　浪《ろう》化《か》

／鵯の嘴入るる椿かな／

一物仕立て。鵯《ひよどり》が椿の花に嘴《くちばし》を差し入れて蜜《みつ》を吸っている。椿の葉の緑と花の紅を背景にして、鵯の動きがいきいきと描かれています。

梅は初春（二月）、桜は晩春（四月）の花ですが、椿はこの句のようにまだ雪の降る初春から春たけなわの晩春まで三春にわたって咲きつぎます。

落椿とはとつぜんに華やげる　　稲畑汀子《いなはたていこ》

／落椿とはとつぜんに華やげる／

一物仕立て。静かに枝にあった椿の花が何の前触れもなく落ちる。その瞬間の花の紅が目に焼きついて、とても華やかなものを見たような気がする。

椿の花は散らず、ぽとりと落ちる。そこで不吉な花という人もいますが、そんなことを考えたとたん、俳句は理屈の落とし穴に陥ってしまう。この句はそんな固定観念など目もくれず、「落ちる」という椿の花の動きを無心にとらえています。

桜《さくら》

晩

若桜《わかざくら》・老桜《おいざくら》・朝桜《あさざくら》・夕桜《ゆうざくら》・千本桜《せんぼんざくら》・嶺桜《みねざくら》・庭桜《にわざくら》・門桜《かどざくら》・家桜《いえざくら》・一重桜《ひとえざくら》・御所桜《ごしょざくら》・姥桜《うばざくら》・楊貴妃桜《ようきひざくら》・雲珠桜《うずざくら》・江戸桜《えどざくら》・緋桜《ひざくら》・秋色桜《しゅうしきざくら》・左近の桜《さこんのさくら》・深山桜《みやまざくら》・染井吉《そめいよし》野《の》・里桜《さとざくら》・茶碗桜《ちゃわんざくら》・南殿《なでん》・丁字桜《ちょうじざくら》・目白桜《めじろざくら》・豆桜《まめざくら》・富士桜《ふじざくら》・上溝桜《うわみずざくら》・金剛桜《こんごうざくら》・しおり桜《ざくら》・桜月夜《さくらづきよ》・桜山《さくらやま》・桜の園《さくらのその》・大島桜《おおしまざくら》・大山桜《おおやまざくら》

花は華やかなもの。それに対して桜は植物の名前ですが、植物の中でもっとも華やかな花、花のある花です。これが本意。

命二つの中に生きたる桜かな　　芭蕉

／命二つの中に生きたる桜かな／

一物仕立て。門弟の土芳《とほう》と二十年ぶりに再会を果たしたときの句。生きながらえた二人の間に今日、桜が咲き誇っているというのです。ここは一本の桜の姿をはっきり描きたい。こういう場合、花では印象が淡くなってしまいます。

さまぐの事思ひ出す桜かな　　芭蕉

／さまぐ〵の事思ひ出す／桜かな／

この句は前の句と似た形をしていますが、一物仕立てではなく取り合わせの句です。久々に郷里の伊賀上野に帰り、若いころ、仕えた主の庭で花見をしたときの句。この庭の桜を前にすると、思い出が次々にこみ上げてくるというのです。

花に遠く桜に近しよしの川　　蕪村

／花に遠く桜に近し／よしの川／

句中の切れのある一物仕立て。この句の意味は「よしの川は花に遠く桜に近し」です。雲か霞のような遠くの桜を花といい、一木一木、花の一輪一輪までよく見える近くの桜を桜といっています。花と桜、二つの季語の本意を使って吉野川から眺めるあたりの遠景と近景を描き分けたのです。

生涯を恋にかけたる桜かな　　鈴木真砂女《すずきまさじょ》

／生涯を恋にかけたる／桜かな／

芭蕉の「さま〴〵の」の句と同じ型の取り合わせの句です。咲き満ちる桜を前に、一つの恋に賭けた自分の一生を顧みているところ。

山桜《やまざくら》

晩　犬桜《いぬざくら》・吉野桜《よしのざくら》

花の中太き一樹は山ざくら　桂《かつら》信子《のぶこ》

／花の中／太き一樹は山ざくら／

句中の切れのある一物仕立て。山桜という季語は桜よりさらに存在感があります。山桜の「山」の字の働きです。この句は「花の中太き一樹は桜かな」とするよりも「山ざくら」のほうがはるかにどっしりした印象を与えます。

桜については、一言つけ加えておかなくてはなりません。戦争中、桜は軍国精神「大和魂」の象徴とされました。このため、桜を素直にたたえる気にはなれないという人がまだ数多くいます。桜にとっても人にとってもこれは不幸なことです。

「大和魂」自体、もともとはこの字のとおり大らかに和する心「大和心」でした。軍国の宣伝に利用された本居宣長《もとおりのりなが》の歌「しきしまのやまと心を人問はば朝日ににほふ山桜花」の「やまと心」も和やかな心のことであり、猛々しい心のことではありません。まして桜は軍国主義と何の関係もありません。

ところが、戦争を遂行した人々は「大和心」を「大和魂」に置き換え、桜をその象徴にしました。桜という季語の本意を曲げようとしたわけです。

戦争からすでに六十余年。今では、また昔のように誰もが桜を心から愛で、俳句に詠める時代になりました。すべては人の罪、桜の罪ではありません。

花《はな》

晩

花房《はなぶさ》・花《はな》の輪《わ》・花片《はなびら》・花盛《はなざか》り・花《はな》の錦《にしき》・徒花《あだばな》・花《はな》の陰《かげ》・花影《かえい》・花《はな》の奥《おく》・花《はな》の雲《くも》・花明《はなあか》り・花《はな》の姿《すがた》・花《はな》の香《か》・花《はな》の名残《なごり》・花《はな》を惜《お》しむ・花朧《はなおぼろ》・花《はな》の露《つゆ》・花《はな》の山《やま》・花《はな》の庭《にわ》・花《はな》の門《もん》・花便《はなだよ》り・春《はる》の花《はな》・春花《はるばな》・花笠《はながさ》・花《はな》の粧《よそおい》・花月夜《はなづきよ》

雪月花というとおり、春の花は秋の月、冬の雪と並ぶ季語の中の季語。学校では花は桜と教わりますが、これは正確ではありません。花＝桜なら桜といえばいいことで、花という言葉は要りません。桜という言葉ではいえないもの、こぼれてしまうものがあるからこそ、花という言葉があるのです。

桜は梅や桃と同じく植物の名前です。この梅や桃や桜を見て心の中に華やかなものを感じる、その華やかなものが花です。これが花という季語の本意です。

花＝桜と教わるのは、植物の花の中で桜の花がもっとも華やかなものを感じさせるからです。梅や桃も華やかなもの、つまり花を感じさせるので、花と呼ぶことがあります。和歌にも桜にかぎらず梅や桃を花と詠んでいる歌があります。

華やかなものは何も植物だけではありません。「あの人には花がある」「花嫁」などのように花という言葉は植物以外にも使います。華やかなものを感じさせる人が「花のある人」であり、「花嫁」です。「花の春」という新年の季語がありますが、この花も桜ではなく、華やかなものという意味です。

花は華やかなものを感じさせるもの、桜は植物の名前。句を詠むときには花と桜のこの違いを心得て、花というべきところは花、桜というべきところは桜といわなくてはならない。ハナは二音、サクラは三音。音の数だけで、句にはまりやすいほうを使うというのは安易な詠み方です。

これは〳〵とばかり花の吉野山　　貞《てい》室《しつ》

／これは〳〵とばかり／花の吉野山／

句中の切れのある一物仕立て。「花の吉野山」は桜の花盛りの吉野山ということですが、

「桜の吉野山」というより、このほうが華やかな感じがする。

何の木の花とは知らず匂ひかな　　芭蕉

／何の木の花とは知らず／匂ひかな／

句中の切れのある一物仕立て。芭蕉が伊勢神宮に参拝したときの句。ちょうど桜の花のころでしたが、「何の木の花とは知らず」というのですから、この句の花は桜ではない。華やかな匂いが神域に漂っていると天照大神をたたえているのです。

咲き満ちてこぼるゝ花もなかりけり　　高浜虚子

／咲き満ちてこぼるゝ花もなかりけり／

一物仕立て。この句は桜の花を詠んでいますが、「こぼるゝ桜」とはいわなかった。満開の桜の花の華やかな姿をうたうには花でなければならないのです。

人体冷えて東北白い花盛り　　金子兜太《かねことうた》

／人体冷えて／東北白い花盛り／

取り合わせ。この句の花は桜のようでもあり、東北というのですから林檎《りんご》の花のようでもあるのですが、どちらでもよい。桜であるとか林檎であるとか、植物の種類を超えた花、白く華やかなるものなのです。

花の世の花のやうなる人ばかり

／花の世の花のやうなる人ばかり／

中川宋淵《なかがわそうえん》

一物仕立て。「花の世」とは桜の花盛りのこの世ということですが、「花のやうなる」は花のように華やかなという意味です。花という季語の本意をそのまま活かしています。

桃《もも》の花《はな》

晩

三千世草《みちよぐさ》・三千歳草《みちとせぐさ》・白桃《しろもも》・緋桃《ひもも》・源平桃《げんぺいもも》・枝垂桃《しだれもも》・西王母《せいおうぼ》・桃畑《ももばたけ》・桃林《とうりん》・桃園《ももぞの》・桃の宿《ももやど》・桃見《ももみ》・桃の村《ももむら》

桃の花という季語にはいくつかの本意があります。まず梅や桜に比べて鄙《ひな》びた花であること。雛祭の花であること。中国風の花であること。中国で花といえば桜ではなく桃の花のことです。中国の伝説にある桃源郷の花でもあります。このようにいくつかの本意があるため、何とでも取り合わせしやすい季語です。安易にならないように。

昼舟に乗るやふしみの桃の花　　桃《とう》隣《りん》

／昼舟に乗るや／ふしみの桃の花／

取り合わせ。淀川の伏見の港から舟で下るところ。あたりはちょうど桃の花盛りというのです。伏見は京の都の南のはずれ、江戸時代は桃の名所でした。

ふだん着でふだんの心桃の花　　細見綾子

／ふだん着でふだんの心／桃の花／

取り合わせ。「ふだん着でふだんの心」には梅も桜も合わない。ここは鄙びた桃の花がよく似合います。

少年の老いたるわれか桃の花　　山上樹実雄《やまがみきみお》

／少年の老いたるわれか／桃の花／

取り合わせ。「少年の老いたるわれか」とは、つい昨日まで紅顔の少年だったのに、たちまち老いてしまった自分への驚きとも嘆きともつかない問いかけです。桃の花が一切は夢であるかのようにおかれています。

第二章　「切れ」は季語を生かす——夏の季語

「切れ」は季語を生かす

俳句の切れには言葉、とくに季語をいきいきさせる働きがあります。

わ せ の 香 や 分《わけ》 入《いる》 右 は 有《あり》 磯《そ》 海《うみ》　　芭《ば》 蕉《しょう》

仮にこの「わせの香や」が「わせの香に」だったとします。

わ せ の 香 に 分 入 右 は 有 磯 海

「わせの香」という季語は芭蕉が分け入ってゆく場所の説明にすぎません。そこを切字の「や」で切って「わせの香や」とすると、あたりいちめんに早稲の香りが立ちのぼる。このように季語は切って初めて十分に力を発揮できる。季語と切れは一体なのです。ところで、俳句にはこのような句の途中にある切れ（句中の切れ）のほか、句の前後にも切れがあります。

芭蕉のこの句は、『おくのほそ道』では次のような地の文にはさまれています。

くろべ四十八が瀬とかや、数しらぬ川をわたりて、那《な》古《ご》と云《いう》浦に出《いづ》。担《た》籠《ご》の藤浪は、春ならずとも、初秋の哀《あわれ》とふべきものをと、人に尋《たずぬ》れば、「是より五里いそ伝ひして、むかふの山陰にいり、蜑《あま》の苫《とま》ぶきかすかなれば、蘆《あし》の一夜の宿かすものあるまじ」と、いひをどされて、かゞの国に入《いる》。

わ せ の 香 や 分 入 右 は 有 磯 海

卯の花山・くりからが谷をこえて、金沢は七月中《なか》の五日也。爰《ここ》に大坂よりかよふ商人何処《かしょ》と云者有《あり》。それが旅宿をともにす。

このような地の文から切り出されて、俳句が俳句となるための切れが句の前後の切れです。句の前後の改行がこれに当たります。そこでこの句の前後の切れと句中の切れの位置を／で示すと、こうなります。

／わ せ の 香 や ／ 分 入 右 は 有 磯 海／

このように句の前後で切れるのは、地の文なしで俳句だけが書かれている場合も同じです。あらゆる俳句は特定の場面で詠まれますが、その場面から俳句を切り出すのが句の前後の切れなのです。

句の前後の切れは、句中の切れと違って空気のようなものですから、ふだんはあまり意識する必要はありません。しかし、この切れがなければ、俳句は散文（地の文）の延長になってしまいます。俳句を俳句として成り立たせる大事な切れです。

一物仕立てと取り合わせ

一物仕立《いちぶつじた》てと取り合わせでは、季語の使い方はどう違うか。

まず取り合わせについて。取り合わせの句は二つの素材を組み合わせるのですが、そのどちらか一つはたいてい季語です。

降る雪や明治は遠くなりにけり　中村草田男《なかむらくさたお》

／降る雪や／明治は遠くなりにけり／

降りしきる雪（冬）と明治時代は遠くなってしまったという作者の感慨を取り合わせています。

このような取り合わせの場合、二つの素材の距離＝間を十分にとってください。似たもの同士では取り合わせになりません。これが「付きすぎ」です。

春愁や明治は遠くなりにけり

「春愁や」も「明治は遠くなりにけり」もどちらも感慨ですから、明らかに「付きすぎ」です。

取り合わせの場合、「付きすぎ」のほかにも注意すべきことがいくつかあります。

一つは、二つの素材が離れすぎても取り合わせは失敗するということ。これが「離れすぎ」です。

げぢげぢや明治は遠くなりにけり

「げぢげぢや」と「明治は遠くなりにけり」は「離れすぎ」で取り合わせは成立しません。素材が離れすぎると「間《ま》」が拡散してしまうのです。

もう一つは二つの素材のどちらかがどちらかの理屈や説明や場面設定にならないようにすること。

建国日明治は遠くなりにけり

ここでは建国日（春）という季語が「明治は遠くなりにけり」の場面設定に使われています。

次に一物仕立てについて。一物仕立ての句は季語を一句の中心にすえて詠みます。

いくたびも雪の深さを尋ねけり　正岡子規《まさおかしき》

／いくたびも雪の深さを尋ねけり／

雪の深さを何度も尋ねるところに、雪を喜ぶ子どものような子規の気持ちと自分で見にゆけない病の身の情けなさが表われています。

このような一物仕立ての句でいちばん大事なことは「深く詠む」ということです。これは口でいうのは簡単ですが、なかなか難しい。とくに初心者はどんな詠み方が深いのかされわかりません。人生経験を積みながら体得してゆくほかないのですが、年季を積んだ人でも、その人が深いと思っていても、はたから見ていると、浅い句であったりします。

深く詠むために、何よりも気をつけなくてはいけないのは理屈にならないようにすること。

雪降ってたちまち止まる山手線

この句は雪が降る→電車が止まるというあからさまな因果関係で詠まれています。深いどころか、浅はかな理屈の句です。

次に、珍奇な表現はしばしば句を浅くします。

何 も か も 白 紙 に し た り 今 朝 の 雪

雪が降って万物が白くなったということなのですが、「白紙にしたり」が浮いています。誰でもちょっと変わった表現に出会うと「これで一句完成」と錯覚するのですが、そんなときは、たいていこの手の句です。

三つ目はわかる句であること。わからない句は俳句ではありません。

雪 の 日 は 空 か ら 青 き 時 間 か な

このようなわからない句には、ふつう三つの原因が考えられます。

① 文法や言葉づかいがまずい。
② いいたいことがきちんといえていない。
③ 自分でもよくわからないものを詠もうとしている。

それなら、わかりさえすればいいのかというと、そうでもない。「ただごと」もまた俳句とはいえません。これが四つ目です。

雪 と い ふ 白 く 冷 た き も の の 降 る

こうしたわかりきったこと、季語の本意を説明するだけの句が「ただごと」です。

このように一物仕立てと取り合わせでは季語の使い方が違いますが、どちらにも共通していえることは理屈や説明は不要ということ。理屈と説明を超えたところに俳句はあります。

「ただごと俳句」を抜け出す

俳句を学びはじめたばかりの人が、しばしば陥るのが「季語の説明俳句」です。たとえば、こんな句です。

夏の夜はたちまち明けてしまひけり

夏の夜が早々と明けてしまったという一物仕立て。たしかに五・七・五になっているし、「夏の夜」という季語もある。一応、俳句の姿はしていますが、これはただごと俳句です。「夏の夜」という季語の本意がたちまち明けてしまうということだからです。夏の夜を短夜とも明易ともいうように、あっという間に明けてしまうのが夏の夜なのです。

なぜ、こんな俳句を詠んでしまうのかといえば、季語の本意を考えないからです。俳句は季語の本意の上に立って詠むものであり、俳句で季語の本意を説明する必要はありません。

では、どうしたらいいか。二つの道があります。一つは「夏の夜はたちまち明けてしまひけり」をもっと簡潔にして別の言葉と取り合わせる。

短夜のあけゆく水の匂かな　久保田万太郎《くぼたまんたろう》

／短夜のあけゆく／水の匂かな／

この句は「夏の夜は…」を「短夜のあけゆく」として、「水の匂《にほひ》」と取り合わせています。たしかに「短夜のあけゆく」という部分は依然「ただごと」ですが、「水の匂」と取り合わせると、この二つの言葉が照らしあって一句になる。

「夏の夜は…」をもっと簡潔にすると、実は季語だけになります。

短夜や空とわかるる海の色　几《き》董《とう》

／短夜や／空とわかるる海の色／

この句は「夏の夜は…」を短夜という季語だけにして、「空とわかるる海の色」という海原の風景と取り合わせています。

ただごと俳句を抜け出すもう一つの方法は「ただごと」でしかない内容を深く詠むこと

です。

夏の夜のふくるすべなくありにけり
／夏の夜のふくるすべなくありにけり／　　久保田万太郎

夏の夜は更けようにも更けられないまま明けてゆくというのです。これは「夏の夜は…」と同じ一物仕立てですが、夏の夜の短さを嘆く思いが深く詠まれていて「ただごと」を脱しています。

このように季語の説明俳句から脱出するには、別の言葉と合わせて取り合わせの句にするか、深く詠んできちんとした一物仕立ての句にすればよいわけです。

取り合わせの詠み方

一物仕立ての句の場合、一句の中で季語の説明をする必要はない、という話はすでにしました（63ページ参照）。

夏の夜はたちまち明けてしまひけり

この句の「たちまち明けてしまひけり」は「夏の夜」という季語の説明です。それはすでに本意に含まれているわけですから、ただ当たり前のことをいっただけのことになります。これがただごと俳句です。

これと同じ失敗が取り合わせの句でもしばしば起こります。

古障子いのちのはてのうすあかり

「古障子」と「いのちのはてのうすあかり」の取り合わせの句ですが、この取り合わせは付きすぎです。

この句の作者はきっと「いのちのはてのうすあかり」にそれと同じ感じのする「古障子」を取り合わせた。「いのちのはてのうすあかり」の「うすあかり」をもっと説明しようとした。この説明の発想が取り合わせの句をだいなしにします。

取り合わせとは二つの違うものを組み合わせて、その二つの間の切れ＝間によって一句を成り立たせることでした。すると、「いのちのはてのうすあかり」とは異なるものを組み合わせなくてはいけないのです。それなのに、同じような感じの「古障子」をもってきたのでは付きすぎの句になってしまう。これでは二つの間の切れ＝間が成り立ちません。

それなら「いのちのはてのうすあかり」とは反対に明るい「小春日」などをもってきたらどうか。

小春日やいのちのはてのうすあかり

この句は「小春日」と「いのちのはてのうすあかり」が離れすぎているために、やはり切れ＝間が成り立ちません。いわゆる離れすぎの句です。

この付きすぎと離れすぎの間のどこかにぴったりの一つの言葉が眠っている。まだ誰も「ぴったりの言葉だ」とは気づいていないけれども、取り合わせてみると誰もが「なるほど」と納得する言葉。それを見つけるのが取り合わせの句を詠むということです。

湯豆腐やいのちのはてのうすあかり　　久保田万太郎

／湯豆腐や／いのちのはてのうすあかり／

この「湯豆腐」がぴったりの言葉です。それまでは誰も湯豆腐が「いのちのはてのうすあかり」に合うとは思っていなかったのに、一句にして見せられると、これ以上の言葉はないと思う。

勘違いしている人が多いのですが、取り合わせは同じもの、似たものを合わせるのではありません。逆に反対のものを合わせるのでもない。関係がなさそうに見えるが、実は関係のあるものを合わせる。これが取り合わせです。

このことは俳句を詠むときだけでなく、鑑賞するときにも大事なことです。

石山の石より白し秋の風　　芭蕉

／石山の石より白し／秋の風／

『おくのほそ道』那谷《なた》寺での句。この句の前の地の文には、さまざまの形の奇岩が折り重なり、岩の上に小さなお堂があるという那谷寺の描写があります。そこで、芭蕉が「石山の石より白し」といっているのは何かということになるわけです。古来、二つの読み方があって対立しています。

一つは、那谷寺の石は近江の石山《いしやま》寺（石山）の石より白いとする読み方。この句を「石山の石より白し」と「秋の風」の取り合わせとみるのです。

もう一つは、那谷寺の石山をその石よりもっと白い秋風が吹いているとする読み方。これだと「秋の風」は「石山の石より白し」の主語。この句は句中の切れがあるけれども、取り合わせではなく一物仕立てということになります。

さて、取り合わせか、一物仕立てか。

もし、「石山の石より白し」と「秋の風」の取り合わせとすれば、付きすぎの句です。秋を白秋ともいうように秋風と白は関係深い言葉だからです。

この句は那谷寺の石山を吹く秋風はその石より白いという一物仕立ての句です。秋風が白いというのは当たり前のことですが、ただでさえ白い秋風がここの石山ではいっそう白いといっているのです。

取り合わせとは同じもの、似たもの同士ではなく、異なるもの同士を合わせるということさえ知っていれば、古典の難問もたちまち解決できます。

夏の季語の使い方

短夜《みじかよ》　㊂短夜《たんや》

春は日永《ひなが》、夏は短夜といいます。日がもっとも長いのは夏至《げし》のころなのに、なぜ夏は日永といわず、短夜なのでしょうか。

冬を越して春の日が長いのを喜ぶ心が日永という春の季語を生みました。たしかに夏は一年でもっとも日が長いのですが、日中、暑いので日の長いのをたたえる気が起こらないのです。一方、夏の夜は昼に比べて過ごしやすいので、早々と明け急ぐ夏の夜が惜しまれるのです。短夜という季語の本意は短い夏の夜があっけなく明けてしまうのを惜しむ心にあります。

短夜や枕にちかき銀屏風　蕪《ぶ》村《そん》

／短夜や／枕にちかき銀屏風／

「短夜」と「枕にちかき銀屏風」の取り合わせ。夏の夜、枕上に立てた銀屏風が早々と白んでくるところです。「短夜や」とは、明け急ぐ夜のつれなさを恨んでいるのです。おのずから、この句には恋の気配が漂っています。

短夜や乳ぜり泣く児を須可捨焉乎《すてっちまおか》　竹下《たけした》しづの女《じょ》

／短夜や／乳ぜり泣く児を須可捨焉乎／

これも取り合わせ。「乳ぜる」は漢字で書くと「乳迫る」。赤ちゃんがお乳を催促して泣きやまないこと。夜は白々と明けてくるのに、これでは眠れやしない。いっそ、この児を捨ててしまいたい。うら若いお母さんの切実な思いが「短夜や」にこめられています。

明《あけ》易《やす》し

三　明易《あけやす》・明早《あけはや》し・明急《あけいそ》ぐ

短夜と同類の季語に「明易し」があります。短夜は漢語の体言ですが、こちらは大和言葉の用言です。このため短夜よりもいっそう夏の夜を惜しむ思いが濃い。

明易くなほ明易くならむとす　谷野《たにの》予志《よし》

／明易くなほ明易くならむとす／

一物仕立て。一夜ごとに夜明けが早くなるのを嘆いているのです。

明易や花鳥諷詠南無阿弥陀　高浜虚子《たかはまきょし》

／明易や／花鳥諷詠南無阿弥陀／

取り合わせ。「明易し」という形容詞を「明易」という名詞にして使っています。「夜寒し」から「夜寒」が生まれるようなもの。花鳥諷詠は虚子の、いわば念仏です。花鳥諷詠、花鳥諷詠と唱えるうちに夏の夜が白んでゆきます。

夏《なつ》の夜《よ》

三 夜《よ》半《わ》の夏《なつ》

夏の夜という季語にも短い夜を惜しむ思いが含まれています。

夏の夜や崩れて明けし冷しもの　芭蕉

／夏の夜や／崩れて明けし冷しもの／

句中の切れのある一物仕立て。冷たい料理も崩れてしまって、君たちと楽しく過ごしたこの夏の夜がはや明けてしまったというのです。その夏の夜を切り取って、上五に出してあります。

涼《すず》し

三 涼《りょう》・涼気《りょうき》・涼味《りょうみ》・涼意《りょうい》・朝涼《あさすず》・夕涼《ゆうすず》・晩涼《ばんりょう》・夜涼《やりょう》・宵涼《よいすず》し・涼夜《りょうや》

日本の夏の蒸し暑さは耐え難いものなので、何ごとも涼しくするのが、この国の夏の流儀。この「涼しく」ということが夏という季節の本意です。「涼し」という季語は、この夏という季節の本意をそのまま本意にしています。

このあたり目に見ゆるもの皆涼し　芭蕉

／このあたり目に見ゆるもの皆涼し／

一物仕立て。芭蕉が岐阜の長良川に遊んだときの句です。「このあたり目に見ゆるもの」というだけで、何が涼しげであるか、いっていません。それがこの句を涼気そのものにしています。水が涼しげだとか、山が涼しげだとか、あれこれとあげてゆけば、かえって煩わしくて暑苦しい。

どの子にも涼しく風の吹く日かな　飯田龍太《いいだりゅうた》

／どの子にも涼しく風の吹く日かな／

一物仕立て。この句も芭蕉の句と同じように「どの子にも」というだけで、子どもたちの姿を一々描いていません。それがこの句を透明感のある涼しい句にしています。夏も盛りを過ぎると、一日二日、秋の先駆けを思わせる涼しい日がある。夏ももう終わりだなあという安堵感こそ、この句の命です。

炎天《えんてん》

晩　炎気《えんき》・炎日《えんじつ》・炎天下《えんてんか》

炎天はぎらぎらと輝く夏の大空。たしかに暑いのですが、スカッとした爽快感《そうかいかん》がある。これが本意です。

炎　天　を　槍　の　ご　と　く　に　涼　気　す　ぐ　　飯田蛇笏《いいだだこつ》

／炎　天　を　槍　の　ご　と　く　に　涼　気　す　ぐ／

一物仕立て。燃えるような大空を一本の槍のように涼気が過ぎてゆく。炎天を掠《かす》めてゆく涼気など、目に見えるはずはありませんが、蛇笏はありありと感じとった。それを「槍のごとく」と目に見えるように表現したのです。一句の上から下まで、さながら一本の槍のようではありませんか。炎天とはいいながら、そこに爽快な感じが生まれています。

この句、炎天と涼気と二つの季語がありますが、涼気が槍のように過ぎてゆくのは炎天あってのこと。ここでは炎天が主たる季語、涼気は脇役です。

炎天へ打つて出るべく茶漬飯　川崎展宏《かわさきてんこう》

／炎天へ打つて出るべく／茶漬飯／

句中の切れのある一物仕立て。炎天の巷へ出かけるのを前に、お茶漬けで腹ごしらえをしているところ。「打つて出るべく」とは、これから合戦に向かう『平家物語』の武将のよう。ところが、お茶漬けを掻きこんでいるというのですから、こちらは江戸の長屋風。句中の切れを境にしたこの落差が笑いを誘います。

夏野《なつの》

三　夏野原《なつのはら》・夏《なつ》の原《はら》・青野《あおの》・卯月野《うづきの》・五月野《さつきの》

草木の生命力あふれる夏の野原。これが夏野という季語の本意です。日はかんかんと照りつけ、草木の匂いがむっと迫ってくる。ただ、それだけでは暑いばかりの句になってしまいます。句に詠む場合、そこに涼気を見出すことこそ肝要。

馬ぼくぼく我を絵に見る夏野かな　芭蕉

／馬ぼくぼく／我を絵に見る夏野かな／

句中の切れのある一物仕立て。江戸深川の芭蕉庵が八百屋お七の大火で類焼したとき、芭蕉は一時、甲州に避難します。そのときの句です。「ぼくぼく」は「ぽくぽく」。そのあとに小さな切れがあります。

馬がぽくぽく夏の野原を歩いてゆく。その馬の背に揺られている私の姿といったら、まるで水墨画に描かれた中国の詩人のようじゃないか。炎天下、馬に乗ってゆくのですから暑いにちがいありませんが、その愚かしげな自分の姿を絵に見立てて笑っている。何より、その心持ちがさっぱりしていて涼しいのです。

たてよこに富士伸びてゐる夏野かな　　桂《かつら》　信子《のぶこ》

／たてよこに富士伸びてゐる夏野かな／

一物仕立て。飛行機に乗って上空から夏富士を眺めているような句です。富士山の根っこが裾野の八方に伸びているのがわかる。その迫力ある光景を涼気に転じた。

滝《たき》

三　瀑《たき》・瀑布《ばくふ》・飛瀑《ひばく》・滝壺《たきつぼ》・滝《たき》しぶき・滝風《たきかぜ》・滝《たき》の音《おと》・男滝《おだき》・女滝《めだき》・夫婦滝《めおとだき》・滝道《たきみち》・滝見茶屋《たきみぢゃや》・滝見《たきみ》・滝涼《たきすず》し

断崖をまっすぐに流れ落ちる滝。滝という季語の本意はその涼気にあります。

滝の上に水現れて落ちにけり　後藤夜半《ごとうやはん》

／滝の上に水現れて落ちにけり／

一物仕立て。滝口に現れた水がまっすぐに落下する。この句自体が滝のようです。

滝のおもてはよろこびの水しぶき　山上樹実雄《やまがみきみお》

／滝のおもてはよろこびの水しぶき／

一物仕立て。玉となって散る滝の水を水が喜んでいるというのです。

どちらも一物仕立てで、上から下へまっすぐに詠み下しています。これが滝を詠むのにもっともふさわしい形です。取り合わせの句にしたり、一物仕立てでも句中の切れを入れたりすれば、言葉の勢いがそがれて滝の迫力を取り逃がしてしまうからです。

神にませばまこと美はし那智の滝　　高浜虚子

／神にませばまこと美はし／那智の滝／

一物仕立てですが、句中の切れがあります。ふつうなら、ここで句が失速するところですが、それを救っているのが上五の字余りです。「神にませば」は六音ですが、これを五拍で詠むために、かえって言葉が加速されるのです。

①〇〇〇⑤　①〇〇〇〇〇⑦　①〇〇〇⑤
カミニマセバ　マコトウルワシ　ナチノタキ

字余りはこのように言葉の勢いを生み出す働きがあります。

滝という漢字は戦後、用いられるようになった新字体です。本来は瀧と書きました。これが旧字体です。意味は同じでも、この二つの字体は印象がかなり違います。一言でいうと、瀧は大きく、滝は小さい感じがします。瀧という字を見ていると、水の轟《とどろ》きが聞こえてくるようです。滝という字からはそんな音は聞こえてこない。夜半の句も虚子の句も旧字体の瀧でした。

旧字体は使用禁止でもなければ、滅んだわけでもありません。旧字体と新字体という二つの選択肢があると考えればいい。自分の好みにしたがって好きなほうを使ってください。

更衣《ころもがえ》

初　衣更《ころもか》ふ

昔は旧暦四月一日が更衣でした。旧暦四月といえば、初夏。夏の到来とともに人々は衣を夏向きに改めた。新暦では五月初めに当たります。衣が薄くて軽い夏物に改まることによって、身も心も涼しく軽やかになる。これが更衣という季語の本意です。

一つ脱いで後《うしろ》に負ひぬ衣がへ　芭蕉

／一つ脱いで後に負ひぬ／衣がへ／

句中の切れのある一物仕立て。更衣といっても旅人である私は夏物に着替えるわけではなく、一枚脱いで背中の笈《おい》に入れるだけ。着ていたものを背負うだけのことというのです。

越後屋に衣さく音や更衣　其《き》角《かく》

／越後屋に衣さく音や／更衣／

取り合わせ。こちらは江戸日本橋の呉服店越後屋（三越デパートの前身）のようす。更衣の朝、夏物の布地を裁つ音が涼しげに響きます。

更衣うすき命を祝ひけり　青《せい》蘿《ら》

／更衣／うすき命を祝ひけり／

句中の切れのある一物仕立て。「うすき命」は漢字で書けば薄き命、すなわち薄命。更衣をして新しい夏物をまとうとあすをもしれぬこの命を祝福するかのようだというのです。更衣の華やかだが、ちょっと心もとない感じ。もっとも青蘿は五十二歳まで生きていますから、当時としてはそれほど短命だったわけではありません。

百官の衣更へにし奈良の朝　高浜虚子

／百官の衣更へにし奈良の朝／

一物仕立て。奈良の都で働く役人たちが、旧暦四月一日の朝、いっせいに更衣したところです。白い夏の衣が街にあふれ、都全体が更衣したかのようです。

衣更へて遠からねども橋ひとつ　　中村汀女《なかむらていじょ》

／衣更へて／遠からねども橋ひとつ／

取り合わせ。「遠からねども」とは遠くはないがそれほど近くもない。そこに橋が見える。更衣をして目に見える風景まですっきりしたような感じがします。

粽《ちまき》

初　茅巻《ちまき》・粽結《ちまきゆ》う・粽解《ちまきと》く・菰粽《こもちまき》・笹粽《ささちまき》・飾粽《かざりちまき》・筒粽《つつちまき》・飴粽《あめちまき》・粽笹《ちまきささ》・巻笹《まきささ》・巻笹売《まきささう》り

粽は端午の節句ゆかりの餅。粽というだけで端午の節句が思い浮かぶ。これが第一の本意です。それと忘れてならないのは夏の餅であること。笹や葭（芦）の葉で包み、藺草でくるくると巻いて縛る。この姿と色が夏らしい。

文もなく口上もなし粽五把　嵐《らん》雪《せつ》

／文もなく口上もなし／粽五把／

句中の切れのある一物仕立て。挨拶状を添えるでもなく、使いの人に口上をいわせるでもなく、粽が五束届いた。親しい人からの端午の贈りものです。「文もなく口上もなし」がぶっきらぼうで潔い。

粽解いて蘆吹く風の音聞かん　蕪村

／粽解いて蘆吹く風の音聞かん／

一物仕立て。京の蕪村のもとを浪花《なにわ》の知人が訪ねてきたときの句。蘆粽がお土産。では、早速、いただいた粽を互いに解いて、その蘆の葉を吹きわたる風の音を楽しむとしよう。浪花は蘆の名所。西行の歌「津の国の難波の春は夢なれや蘆の枯葉に風渡るなり」を下敷きにしています。

蚊帳《かや》

三　蚊帳《かちょう》・枕蚊帳《まくらがや》・母衣蚊帳《ほろがや》・古蚊帳《ふるがや》・麻蚊帳《あさがや》・青蚊帳《あおがや》・白蚊帳《しろかや》・蚊帳売《かやうり》・初蚊帳《はつかや》・蚊帳初《かやはじめ》

蚊帳は蚊を防ぐために吊る帳ですが、麻の肌触りといい、風に揺らぐ風情といい、まことに涼しげなもの。これが本意です。

釣りそめて蚊屋面白き月夜かな　言水《ごんすい》

／釣りそめて蚊屋面白き月夜かな／

一物仕立て。「釣りそめて」とは、今年も蚊帳をつる季節になって、ということ。蚊帳の中まで月の明かりが射しこんでいるのです。「面白き」はここではなかなか趣があるという意味です。

蚊帳の中いつしか応えなくなりぬ　宇多喜代子《うだきよこ》

／蚊帳の中／いつしか応えなくなりぬ／

句中の切れのある一物仕立て。もとは「蚊帳の中の人はいつしか応えなくなりぬ」ですが、リズムを整えるために「蚊帳の中」で切った。蚊帳の中と外にいて、話をしていたのですが、いつの間にか、中の人が眠りに落ちてしまい、応答が途絶えた。安らかな一句です。

団扇《うちわ》

三 団《うちわ》・白団扇《しろうちわ》・絵団扇《えうちわ》・絹団扇《きぬうちわ》・渋団扇《しぶうちわ》・水団扇《みずうちわ》・京団扇《きょううちわ》・古団扇《ふるうちわ》・団扇売《うちわうり》

団扇は涼風を吹き起こす道具。これがそのまま本意です。同じく風を起こす道具に扇がありますが、扇はかしこまった感じ、団扇はくつろいだ感じがします。

柄を立てて吹飛んで来る団扇かな　松本《まつもと》たかし

／柄を立てて吹飛んで来る団扇かな／

一物仕立て。突風に煽《あお》られて立ったまま飛んでくる団扇。風も団扇の姿も涼しげ。

奈良うちは鹿の見てゐるうねび山　坂内文應《さかうちふみお》

／奈良うちは／鹿の見てゐるうねび山／

句中の切れのある一物仕立て。「鹿の見てゐるうねび山」は奈良団扇の透かし模様。これを奈良団扇と「鹿の見てゐるうねび山」の取り合わせととると、奈良と鹿、畝傍山の付きすぎの句になってしまいます。

時鳥《ほととぎす》

三　杜鵑《ほととぎす》・子規《ほととぎす》・不如帰《ほととぎす》・沓手鳥《くつてどり》・橘鳥《たちばなどり》・賤鳥《しずどり》・田長鳥《たおさどり》・妹背鳥《いもせどり》・卯月鳥《うづきどり》

時鳥は夏を告げる鳥です。昔から日本の四季にはその季節の到来をいちばん先に知らせる使者があって、春は鶯《うぐいす》、秋は秋風、冬は時雨、そして、夏の到来を告げるのが時鳥でした。そこで、和歌の時代から時鳥は夏を知らせる鳥、その最初の一声を初音《はつね》として待ちわびる鳥として詩歌に詠まれてきました。これが時鳥の本意です。

このことからわかるのは、時鳥は鶴や鴛鴦《おしどり》のように姿をめでる鳥ではなく、声の鳥だったということです。声の鳥には、ほかにも郭公《かっこう》や雁《がん》がいます。鶯や雉《きじ》は声の鳥ですが、姿の鳥でもある。

時鳥のような声の鳥は、いわば音だけの存在ですから、想像が大いにふくらむ。場合によっては、広大な時間や空間を取りこむことのできる季語なのです。

ほととぎす大竹《おおたけ》藪《やぶ》を漏《も》る月夜　芭蕉

この句の切れを／で示すと、こうなります。

／ほととぎす／大竹藪を漏る月夜／

ここで俳句の切れの二つの種類について簡単に説明しておきます。

まず、あらゆる句は初めと終わりで必ず切れます。これが句の前後の切れです。ふだんはあまり意識しなくてよいのですが、この前後の切れは、句の詠まれた場面と句の間に「間《ま》」を作ります。

時鳥の句はある年の初夏、芭蕉が京嵯峨《さが》の去来《きょらい》の別荘、落柿舎《らくししゃ》に滞在中に詠んだ句ですが、この前後の切れによって、この句は落柿舎での芭蕉の生活から切り離されて俳句になった。つまり、句の前後の切れは俳句を俳句にする、いいかえると一句を俳句として立たせる大事な切れです。

次に、「ほととぎす」と「大竹藪を漏る月夜」の間の切れは句中の切れ。この句中の切れは一句の途中に「間」を作ります。句の前後の切れであれ、句中の切れであれ、このように切れには「間」を作る働きがあります。

この句は「ほととぎす」と「大竹藪を漏る月夜」の取り合わせの句です。

取り合わせとは二つのものを並べる。簡単にいうと〈A＋B〉の構造をもつ句です。俳句にはこの取り合わせのほかに一物仕立《いちぶつじた》ての句がありますが、これは一つのことを詠む〈A＝B〉の構造をもつ句です。すべての俳句はこの取り合わせと一物仕立てのどちらかです。

芭蕉の句に戻ると、この句の「大竹藪を漏る月夜」はこれだけで一つのまとまりがある。となると、芭蕉はこの「大竹藪を漏る月夜」と「ほととぎす」を取り合わせたわけです。このとき、芭蕉は「筍や」とも「柿若葉」ともおくことができた。つまり、いくつかの可能性のなかから「ほととぎす」を選んだということになります。

では、なぜ「ほととぎす」なのか。「大竹藪を漏る月夜」は視覚の世界、これに対して、声の鳥である「ほととぎす」は聴覚の世界。芭蕉はここで視覚と聴覚という次元の違うものを取り合わせた。このために、「ほととぎす」と「大竹藪を漏る月夜」の間の句中の切れは深々とした「間」を生み、ここに嵯峨の夏の夜の幽邃《ゆうすい》な時間と空間を取りこむことができました。これが季語と切れは一体ということです。句中の切れ、すなわち「間」が時鳥という季語を十分に生かしています。

これは声の鳥である時鳥だからできることなのです。しかも、この句はただ「ほととぎす」とおいただけですが、直後の句中の切れによって、この一語から「待ちに待った時鳥の初音が、この落柿舎でやっと聞けた」という気持ちが伝わってきます。落柿舎の主である去来への無言の礼ともなっているわけです。

もし、ここが時鳥以外のものであったなら、こうはいかないはずです。「柿若葉」では柿と竹という植物同士で打ち合ってくどくなります。「ほととぎす」と「大竹藪を漏る月夜」の間にあるような深い「間」が生まれません。「筍」などは論外で、筍と竹藪ではべたべたの付きすぎです。

谺《こだま》して山ほととぎすほしいまゝ　杉田《すぎた》久女《ひさじょ》

この句の切れは、

／谺して／山ほととぎす／ほしいまゝ／

句の途中に切れが二つありますが、一物仕立ての句です。「谺して」にも「ほしいまゝ」にも、これだけではまとまりがないからです。「谺して山ほととぎすほしいまゝ」という一句全体で一つの内容になります。

福岡、大分県境にそびえる霊山、英彦山《ひこさん》での句ですが、時鳥の声がまるでこの緑の天地をほしいままにするかのようにこだましているというのです。時鳥の鳴きわたる緑滴る山々が鮮やかに目に浮かぶ。もちろん時鳥の姿は見えません。ここでも時鳥は声の鳥です。

この時鳥は「ほしいまゝ」に鳴く時鳥であり、いわゆる初音ではありません。すでに夏深い山々の感じがあります。しかし、この句には、ここ英彦山にきて初めて、こんなにものびのびと鳴きわたる時鳥の声を聞くことができたという久女の喜びがこもっています。ここでもやはり時鳥が初音を待つ鳥であったという季語の本意が働いているのです。

この句について、もう一つ、大事なことがあります。それは「山ほととぎす」という言葉です。

時鳥という季語は五音。しかも、体言（名詞など）。「明易し」のような用言（動詞や形容詞など）の季語なら、「明易く」「明易き」と活用させたり、「明急ぐ」「明早し」と変化させたりすることができるのですが、体言ではそれもできない。となると、上五にかぶせるか、下五にすえるかしかない。中七にはおきにくい。歳時記の例句をみても、ほとんどの句が上五か下五に置いています。

つまり、時鳥という季語は自由に使いにくい窮屈な季語なのです。五音の名詞の季語は、このほかにも杜若《かきつばた》、兜虫《かぶとむし》、心太《ところてん》などいくつもありますが、どれも窮屈な季語です。

ところが、久女は「山ほととぎす」という七音の言葉を見つけたために、中七におくことができました。このような変化形を知っておくと、句がもっと自由に詠めるようになります。

鮎《あゆ》

三 香魚《こうぎょ》・年魚《ねんぎょ》・鮎生簀《あゆいけす》

鮎は涼しげな川魚。見た目もそうですが、食べるときもその育った清流を思い出す。鮎の本意はこの涼しさに尽きます。

春の若鮎（小鮎、上り鮎）はこれに命のきらめきが、秋の落鮎（錆鮎）は命のあわれさが加わります。

鮎くれてよらで過ぎ行く夜半の門　蕪村

／鮎くれてよらで過ぎ行く夜半の門／

一物仕立て。夜振りでとった鮎を置いてゆくだけで立ち去る人。「鮎くれてよらで過ぎ行く」という夜の闇の中での一連の動きが流麗。どことなく涼しげな感じがします。その闇に浮かぶ「夜半の門」。

鮎の腸口をちひさく開けて食ふ　川崎展宏

／鮎の腸／口をちひさく開けて食ふ／

句中の切れのある一物仕立て。この「鮎の腸」は焼き鮎の腸《わた》ではなく鮎の鱁鮧《うるか》。鮎の腸や卵を塩漬けにしたものです。「口をちひさく開けて」とは、酒の肴の鱁鮧を少し箸先にとって嘗《な》めるように味わっているところ。刻々と過ぎてゆく鮎の季節を惜しむ一句です。

金魚《きんぎょ》

三　和金《わきん》・蘭鋳《らんちゅう》・琉金《りゅうきん》・丸子《まるこ》・出目金《でめきん》・獅子頭《ししがしら》・和蘭陀獅子頭《おらんだししがしら》・錦蘭子《きんらんし》・銀魚《ぎんぎょ》

金魚は涼を得るために飼われるもの。金魚という季語の本意はこの涼味にあります。

いつ死ぬる金魚と知らず美しき　高浜虚子

／いつ死ぬる金魚と知らず／美しき／

句中の切れのある一物仕立て。「いつ死ぬる金魚と知らず」に非情な味わいがあります。いつ死ぬとも知れない危うい命であればこそ美しくもある。金魚のはかない命と美しさを惜しむ一句。

あるときの我をよぎれる金魚かな　中村汀女

／あるときの我をよぎれる金魚かな／

一物仕立て。「あるときの我をよぎれる」とはおもしろい言い方です。もの思いに耽《ふけ》っていると、金魚鉢の金魚の赤い影が目の前をよぎるのが見えて、はっと我に返る。そんなある日の自分と金魚を、どこか離れたところから眺めている。不思議な風合いの句です。

蛍《ほたる》

仲　大蛍《おおぼたる》・初蛍《はつほたる》・蛍火《ほたるび》・朝《あさ》の蛍《ほたる》・昼《ひる》の蛍《ほたる》・夕蛍《ゆうぼたる》・宵蛍《よいぼたる》・雨《あめ》の蛍《ほたる》・蛍合戦《ほたるがっせん》・平家蛍《へいけぼたる》・源《げん》氏蛍《じぼたる》・姫蛍《ひめぼたる》・草蛍《くさぼたる》・ほうたる

蛍は夏の夜、冷たい光を灯しながら飛び交う虫。これが本意。

蛍火や吹とばされて鳰のやみ　去《きょ》来《らい》

／蛍火や／吹とばされて鳰のやみ／

句中の切れのある一物仕立て。吹き飛ばされるのは蛍ですから、意味は「蛍火の吹とばされて鳰《にお》のやみ」です。それを「蛍火や」として、ここで切った。琵琶湖は「鳰の海」とも呼ばれますが、この句の「鳰のやみ」は鳰の海の闇、琵琶湖の闇ということ。京の去来が近江膳所《ぜぜ》の曲水《きよくすい》に招かれたときの句です。

おおかみに蛍が一つ付いていた
／おおかみに蛍が一つ付いていた／
金子兜太《かねことうた》

一物仕立て。この句、「付いていた」という過去形が大事。こちらを振り返りながら闇の奥へと消えてゆく狼に蛍が一つ付いていた。それは遠い昔のことであるというのです。作者が子どものころ、古老から聞いた話かもしれないし、もっと遠い昔のことかもしれない。その光景があるとき、夢のように心の中によみがえる。絶滅してしまった日本狼への挽歌です。

牡丹《ぼたん》

初　ぼうたん・深見草《ふかみぐさ》・富貴草《ふうきぐさ》・白牡丹《はくぼたん》・牡丹園《ぼたんえん》

牡丹は中国伝来の豪華な花。この牡丹ほど、芭蕉と蕪村の違いが明らかな季語はありません。芭蕉にはこれといった牡丹の句がないのに対して、蕪村には十も二十もあります。

しかもそのいくつかは名句です。さながら水を得た魚のようです。

ちりてのちおもかげにたつ牡丹かな　蕪村

／ちりてのちおもかげにたつ牡丹かな／

一物仕立て。牡丹の花が散ったあと、その花の面影が見えるというのです。

牡丹散ってうちかさなりぬ二三片

／牡丹散ってうちかさなりぬ／二三片／

句中の切れがありますが、一物仕立て。散った牡丹の花びらが二、三枚重なっている。牡丹の断片。

「ちりてのちおもかげにたつ」も「牡丹散ってうちかさなりぬ」も牡丹の散ったあとの姿です。読者はその姿にはっと胸を衝かれる。一物仕立ての句では対象（この場合は牡丹）の、はっとする姿をとらえることが大事です。もし、この驚きがなければ、俳句は陳腐な「ただごと」で終わってしまいます。

金屏のかくやくとしてぼたんかな

／金屏のかくやくとして／ぼたんかな／

「かくやく」は赫奕で、光り輝やくさま。金屏風と牡丹、視覚と視覚の取り合わせ。豪華なもの同士を取り合わせて、もっと豪華な雰囲気を出現させています。

地車のとゞろとひゞくぼたんかな

／地車のとゞろとひゞく／ぼたんかな／

地車の響きと牡丹、聴覚と視覚の取り合わせ。みごとに開いた牡丹の花びらが地車の轟きで震えているかのような感じを抱かせます。

「金屏のかくやくとして」も「地車のとゞろとひゞく」も、たいしたことではありません。これだけなら、「ただごと」です。ところが、このただごとが牡丹と取り合わせられると、まるで言葉と言葉が化学反応を起こすように華やかな牡丹の世界が開けます。

このように素材は「ただごと」であっても、二つ取り合わせることによって俳句になる。取り合わせの句は二つの素材の関係、ここでは金屏の輝きと牡丹、地車の音と牡丹との間の「間」で成り立っているのです。

白牡丹といふといへども紅ほのか　高浜虚子

／白牡丹といふといへども紅ほのか／

一物仕立て。眼の錯覚かと疑うほど、ほのかに紅の漂う白牡丹。この白牡丹も華麗な牡丹の一つの姿です。

ぼうたんと豊かに申す牡丹かな　太《たい》祇《ぎ》

／ぼうたんと豊かに申す牡丹かな／

一物仕立て。牡丹を「ボウタン」と読ませることがあるのですが、このゆったりとした豊かな響きが牡丹の花にふさわしいというのです。

俳句は五・七・五という十七拍の音楽です。ところが、牡丹という季語は「ボタン」の三音、ふつうに読むと三拍。これでは切字「かな」をつけて下五におくことはできても、上五にかぶせるのは難しい。そこで、「ボタン」を四拍にして「ボウタン」と読みます。「ボタン」の「ボ」が二拍分になる。五・七・五という俳句の音楽が言葉の読みを変えるわけです。

一拍を○で示すとこうなります。

①○○○⑤　①○○○○○⑦　①○○○⑤
ボウタント　ユタカニモウス　ボタンカナ

このような読み方をする季語は牡丹のほかにもあります。蛍は「ホウタル」。これも三音の季語です。三音を四拍で読むことによって牡丹も蛍も一句の先頭におくことができるようになります。

卯《う》の花《はな》

初　空木《うつぎ》の花《はな》・花卯木《はなうつぎ》・初卯《はつう》の花《はな》・卯《う》の花月夜《はなづきよ》・卯《う》の花垣《はながき》

夏を告げる鳥が時鳥なら、花は卯の花。そもそも卯の花という名前も、初夏の卯月（旧暦四月、新暦五月）に咲くから「卯」の字を当てるのです。小さな白い花が房となって咲くので、季節はずれの雪が降り積もったようにも、月の光が白々と降り注いでいるようにも見えます。これが卯の花という季語の本意です。

雪月花一度に見する卯の木かな　季《き》吟《ぎん》

卯の花も白し夜なかの天の川　言水

どちらも卯の花の本意に沿って詠まれています。切れの位置は、

／雪月花／一度に見する卯の木かな／

／卯の花も白し／夜なかの天の川／

季吟の句は「雪月花を」の「を」が飛んだ形。ここで小さな句中の切れが生じますが、この句は一物仕立て。言水の句は「卯の花も白し」と「夜なかの天の川」の取り合わせです。どちらも本意そのままで、それほどおもしろい句ではありません。

卯の花の句で出色なのは、

卯の花の絶え間たたかん闇の門　去来

切れの位置は、

／卯の花の絶え間たたかん／闇の門／

「闇の門」を「卯の花の絶え間」といいかえたのですから、一物仕立ての句です。卯の花を雪にも月の光にもたとえないし、白いともいいませんが、卯の花の垣根が白々と夜の闇に浮かび上がります。「卯の花の絶え間たたかん」といって、しばらくして「闇の門」とおく、この句中の切れのもたらす「間」の静けさが何ものにも代えがたい。切れが深々と働いている一句です。

卯の花のこぼるる蕗の広葉かな　蕪村
／卯の花のこぼるる蕗の広葉かな／

一物仕立て。蕗の若葉に散りこぼれた卯の花。この句も蕗の葉が緑だとも卯の花が白いとも口にしていませんが、若葉の柔らかな緑や卯の花のみずみずしい白が目に浮かぶ。

卯の花や茶俵作る宇治の里　召《しょう》波《は》
／卯の花や／茶俵作る宇治の里／

取り合わせ。卯の花が咲くのはちょうど新茶のころ。茶所の宇治では茶俵作りに追われているという句。「茶俵作る宇治の里」から茶畑や新茶や真新しい茶俵の色や手触りまで想像できます。これと白い卯の花が柔らかく取り合わせてあります。
去来、蕪村、召波、三者三様の句作りですが、共通しているのは色をいわずに色を表わしていること。卯の花が白いことはすでに季語の本意に含まれていることですから、わずか十七音の俳句の中で改めて白いという必要はないのです。卯の花を白いといったり、別の色を取り合わせたりすれば、かえって底の浅い句になってしまいます。

若竹《わかたけ》

仲　今年竹《ことしだけ》・竹《たけ》の若葉《わかば》・竹《たけ》の若緑《わかみどり》

若竹は新しい竹の命のみずみずしさこそ本意。

若竹に折ふし雲の往《ゆき》来《き》かな
／若竹に折ふし雲の往来かな／　大《おお》江《え》丸《まる》

一物仕立て。さやさやと若葉を広げる若竹の空をときおり、真っ白な雲が流れてゆく。梅雨の晴れ間か、梅雨が明けたか、夏らしい涼しげな一句です。

若竹や鞭の如くに五六本　川端茅舎《かわばたぼうしゃ》

／若竹や／鞭の如くに五六本／

句中の切れのある一物仕立て。本来は「若竹は鞭の如くに五六本」ですが、「若竹や」と切った。これによって、「若竹」はただの説明の言葉から、「美しい若竹だなあ」という、いきいきした感動の言葉に生まれ代わった。

若竹といっても、この句は「鞭の如くに」というのですから、まだ若葉を広げていない竹です。高々と伸びて、しなっている。それが親竹の間に五、六本混じって立っているのです。

第三章　「惜しむ」ということ——秋の季語

「惜しむ」ということ

「春惜しむ」「秋惜しむ」という季語があります。たとえば、次のように使います。

秋をしむ戸に音づるる狸かな　蕪村《ぶそん》

手をとめて春を惜めりタイピスト　日野草城《ひのそうじょう》

こればかりでなく「花惜しむ」「年惜しむ」「命を惜しむ」「人を惜しむ」というように、私たちは「惜しむ」という言葉をふだん何気なく使っていますが、人として大事な気持ちを表わす言葉です。

何ごとも「惜しむ」といわれるには、それなりの条件がいくつかあります。

まず第一に、それが惜しむに値する「よきもの」であること。「春惜しむ」「秋惜しむ」という季語があるのは、春や秋は過ごしやすい、人にとってよい季節だからです。花を惜しみ、年を惜しみ、命を惜しむのも、花や年や命が「よきもの」であるから。また、人を惜しむのは「よき人」に対してであり、「悪しき人」を惜しんだりはしない。

夏や冬は過酷な季節なので、ふつう「夏惜しむ」「冬惜しむ」とはいいません。ただ、最近は夏もよい季節と思われるようになり、「夏惜しむ」という言葉もそれほど変ではなくなりました。「冬惜しむ」は年の終わりが冬の終わりでもあった旧暦時代、「年惜しむ」の意味で使いました。

惜しまれるための第二の条件は、その「よきもの」が過ぎ去ろうとしていること。失われたり、壊れたりしようとしていることです。春や秋を惜しむのは春、秋というよき季節が過ぎ去ろうとしているからです。花や年を惜しむのも今年の花や今年というよき一年が終わろうとしているから。人を惜しみ、命を惜しむのは、その人がこの世を去ろうとしているからです。

第三の条件は「よきもの」が過ぎ去ることを、止めようのないこと、仕方ないこととして受け入れていることです。春や秋や花や年が過ぎてゆくのは、宇宙のめぐりのなかでは当然のことであり、めでたいことでもある。人がこの世を去るのも同じ。

今ここにあるものはいつか移ろってゆく、形あるものは必ず壊れる。「惜しむ」という気持ちは、このように大いなる時間とともに変転する「よきもの」に対して抱く感情なのです。

「惜しむ」ということの最後の条件は「よきもの」が時とともに移ろうことを承知のうえで、なお愛していること。やがて壊れてしまうものだからといって見捨てたり、粗末に扱ったりしない。春は過ぎ、花は散る。それでも春を愛し、花を愛《め》でる。これが「惜しむ」

ということです。人は老い、病となり、死んでゆく。それでも、その人を愛する。これが「人を惜しむ」ということです。

やがて失われると知りながら、なお愛する。これは永遠の愛などというものよりさらに深い愛情です。「春惜しむ」「秋惜しむ」という季語にはこのような思いがこめられているわけです。

実は「春惜しむ」「秋惜しむ」だけでなく、あらゆる季語にはそれを惜しむ思いが含まれています。蛙（春）も若葉（夏）も天の川（秋）も時雨（冬）も、季語となっているものはすべて季節とともに移ろう「よきもの」だからです。

八月は死者の月

八月は死者の月。私たち生きている者にとっては死者を弔う月です。というのは、先の戦争にかかわる追悼の日が八月に集中しているからです。まず、八月六日は広島の原爆の日（夏）、九日は長崎の原爆の日（秋）、そして、十五日は終戦の日（秋）です。これに九月一日の関東大震災の日（秋）を加えれば、ひと月の間に戦争や震災で亡くなった多くの人々を追悼する日が四つも並んでいることになります。

広島忌蟬は鳴きつつ焼かれたる　上田《うえだ》フサ子《こ》

友は果てわれのその後や長崎忌　田口悠香《たぐちゆうか》

箸置に箸八月十五日　川崎展宏《かわさきてんこう》

わが知れる阿鼻叫喚や震災忌　京極杞陽《きょうごくきよう》

これらの追悼の日は八月という月に沈痛な調べを添えています。その結果、八月はただ楽しい夏休みの月ではなく、日盛りの樹木が深い影を落とすように陰影深い月になりました。まさに戦後の日本人にとって八月は死者とともに過ごす月なのです。

ところが、日本人にとって八月はこの前の戦争や大地震の起こるはるか昔から、死者とともに過ごす月でした。太陽暦八月といえば初秋。一年の前半（春と夏）が終わって後半（秋と冬）に入る月です。その昔、この一年の折り返し点に死者、つまり先祖をまつる一連の行事がありました。

その最大の行事は初秋の満月の夜に行なわれる先祖の祭でした。人々はその夜が近づくと先祖の魂を家に迎えて数日をともに過ごしました。祭が果てると、先祖の魂はふたたび帰ってゆきました。

これが今でいうお盆（秋）です。お盆というと、中国から日本に伝わった仏教の行事とばかり思われています。たしかに表向きはそうなのですが、実ははるか昔から日本で行なわれていた初秋の満月の夜の先祖祭に、のちに中国から伝わったお盆がぴったりと重なったというわけです。

先祖の魂を家に迎えるための禊《みそぎ》の行事もありました。その一つが夏越《なごし》の祓《はらえ》（夏）。もう一つが七夕（秋）です。七夕も中国伝来の星祭ですが、はるか昔の日本には夏越の祓と同じように、この日、水辺に出て禊をする風習があった。その禊に中国の星祭が重なったのです。

夏越の祓は新月、七夕は半月、お盆は満月に当たります。大昔の日本では晩夏の新月から初秋の満月にかけて、このような行事がつづいていたわけです。中国から暦（旧暦）が伝わったのちも、この一連の行事はそのまま受け継がれました。

・晩夏の新月　禊　（夏越の祓　旧暦六月晦日）
・初秋の半月　禊　（七夕　旧暦七月七日）
・初秋の満月　先祖祭（お盆　旧暦七月十五日）

闇美し泉美し夏祓　高野《たかの》素十《すじゅう》

七夕や秋を定むる夜のはじめ　芭蕉《ばしょう》

まざ〳〵といますがごとしたままつり　季吟《きぎん》

このようにはるか昔から日本の旧暦七月、今の八月は死者の月だったところに、最近になって戦争や大地震の犠牲者を追悼する日が加わったということになります。そうなったのはまったくの偶然ですが、意味のある偶然です。とくに終戦記念日がお盆に重なったことには偶然以上のものを感じずにはいられません。

ここからわかるのは、日本人にとって八月（旧暦七月）は今も昔も死者とともにある月であること。

もう一つは七夕やお盆を太陽暦の七月（晩夏）に移すのは七夕やお盆の本来の意味、すなわち、本意からはずれていること。七夕とお盆は夏越の祓からつづく初秋の一連の行事でなければなりません。現代ではこれに二つの原爆忌と終戦記念日が加わるわけです。

秋の季語の使い方

第一章で季語を効果的に使うには、まず季語の本意《ほんい》を知ることが大事という話をしました（10ページ参照）。本章では秋の季語をみてゆきますが、春夏秋冬、どの季節にも季節の本意ともいうべきものがあります。この季節の本意の上に個々の季語があるのです。

たとえば、夏は一年のうちでいちばん暑い季節です。そこで人間をはじめ生き物たちが涼しさを求める季節でもある。これが夏の本意です。

時鳥《ほととぎす》、卯の花、滝、更衣《ころもがえ》などの夏の季語は、この夏という季節の本意の上に成り立っています。時鳥や卯の花は暑い季節の到来を告げる鳥や花です。滝は暑さにあえぐ世界のただなかにそびえる涼しさの権化のようなものですし、更衣は暑さをしのぐための人々の営みの一つです。

これに対して秋は、人間も動植物も暑い夏をどうにか乗り越えてほっと一息つく季節です。このほっと一息つく、安らかな感じが秋という季節の本意です。

秋風や月、萩や虫などの秋の季語はどれも、この秋の本意を土台にしています。秋の季語はどれも多かれ少なかれ、安らかな秋という季節の本意を含んでいるということです。

夏の句を詠むときは夏の本意を、秋の句を詠むときは、秋の本意を思い出してください。自分で句を詠むときばかりでなく、俳句を鑑賞したり、句会で句を選んだりする場合も同じです。

立秋《りっしゅう》

初　秋立《あきた》つ・秋来《あきく》る・秋《あき》に入る・今朝《けさ》の秋《あき》・今日《きょう》の秋《あき》

立秋は八月八日ごろ。暑さの最中に秋の気配を感じとる。これが立秋という季語の本意です。秋の気配は目に見えることもあれば、目に見えない感触や音であることもあります。「秋立つ」「秋に入る」「今朝の秋」などと変化します。

そよりともせいで秋たつ事かいの　鬼《おに》貫《つら》

／そよりともせいで秋たつ事かいの／

一物仕立《いちぶつじた》て。藤原敏行の歌「秋来ぬと目にはさやかに見えねども風の音にぞおどろかれぬる」（『古今和歌集』）を踏まえます。秋の到来は風の音によってわかるというのに、今年は風がそよりともせず、耐え難い暑さの中で秋になった。

秋立つや川瀬にまじる風の音　飯田蛇笏《いいだだこつ》

／秋立つや／川瀬にまじる風の音／

取り合わせ。川瀬の水音に風の音がまじる。それを聞いていると、秋になったのがわかるというのです。風の音によって秋の訪れを知るという敏行の歌を蛇笏が住んだ山国甲斐に移しています。

新涼《しんりょう》

初　新《あら》たに涼《すず》し・初《はじ》めて涼《すず》し・秋涼《あきすず》し・秋涼《しゅうりょう》・涼新《りょうあら》た・初涼《しょりょう》・早涼《そうりょう》

立秋を境にして暑さが残暑になるように、涼しさは新涼に変わります。夏の暑さの峠を越えた安らかさこそが新涼という季語の本意です。

秋涼し手毎にむけや瓜茄子　　芭蕉

／秋涼し／手毎にむけや瓜茄子／

取り合わせ。『おくのほそ道』金沢での句。ある人の家で、もてなしの瓜や茄子《なすび》をみんなで食べながら、秋の涼しさを喜び合っているのです。

瓜や茄子を手ごとにむくことが涼しいという一物仕立ての句と解釈すると、「秋涼し」のあとの句中の切れ＝間《ま》が生きません。

新涼や白きてのひらあしのうら　　川端茅舎《かわばたぼうしゃ》

／新涼や／白きてのひらあしのうら／

取り合わせ。白い掌《てのひら》や蹠《あしうら》を見て、新涼を感じているのです。さらりとして安らか。秋は人間ばかりでなく鳥獣も草木も夏の暑い盛りを乗りきって、ほっと一息つく季節です。この安心こそが秋という季節の本意。新涼にかぎらず、秋の季語はみなこの安らかな心持ちを含んでいます。

月《つき》 三

四日月《よっかづき》・五日月《いつかづき》・八日月《ようかづき》・十日月《とおかづき》・月更《つきふ》く・月上《つきのぼ》る・遅月《おそづき》・月傾《つきかたむ》く・月落《つきお》つ・月《つき》の秋《あき》・姮娥《こうが》・月《つき》の桂《かつら》・桂男《かつらおとこ》・月《つき》の兎《うさぎ》・玉兎《ぎょくと》・月《つき》の蛙《かえる》・嫦娥《じょうが》・孀娥《そうが》・月《つき》の鼠《ねずみ》・月《つき》の都《みやこ》・月宮殿《げつきゅうでん》・盃《さかずき》の光《ひかり》・月《つき》の雪《ゆき》・月《つき》の鏡《かがみ》・月《つき》の顔《かんばせ》・心《こころ》の月《つき》・胸《むね》の月《つき》・真如《しんにょ》の月《つき》・袖《そで》の月《つき》・朝月日《あさつきひ》・夕月日《ゆうつきひ》・月《つき》の出潮《でしお》・月待《つきま》ち・昼《ひる》の月《つき》・薄月《うすづき》・夜半《よわ》の月《つき》・月《つき》の蝕《しょく》・月《つき》の暈《かさ》・月《つき》の輪《わ》・月《つき》の出《で》・月《つき》の入《いり》・月渡《つきわた》る・秋《あき》の月《つき》・月夜《つきよ》・月光《げっこう》・月明《げつめい》・月影《つきかげ》・月下《げっか》

月は年中、空にありますが、月といえば秋の月。秋になると大気が澄んで月が明るく照るからです。これが月という季語の本意です。冬になると空気はもっと澄んできますが、何しろ寒くて月を眺めていると風邪をひいてしまう。そこで秋の月こそ眺めるにふさわしい月のなかの月とされるのです。

雪月花というとおり、月は花や雪と並ぶ大きな季語です。そこで月を詠むときは、大らかな心持ちで月と向かい合うことが何より大事です。こちらが大らかな心持ちでなければ、月も応えてくれません。

芭蕉葉を柱に懸けん庵の月　　芭蕉

／芭蕉葉を柱に懸けん／庵の月／

句中の切れのある一物仕立て。大きな芭蕉の葉を庵の柱にかけて、葉の上を流れる月の光を心ゆくまで眺めようというのです。

声かれて猿の歯白し峰の月　　其《き》角《かく》

／声かれて猿の歯白し／峰の月／

取り合わせ。腸を引き裂くように悲しげな声で鳴く猿の歯が月の光で白々と見える。「峰の月」が景色を雄大にしています。

月光にぶつかつて行く山路かな　　渡辺水巴《わたなべすいは》

／月光にぶつかつて行く山路かな／

一物仕立て。暗い山中で明るく降り注ぐ、まるで光の崖のような月光をうたっています。

月光の重たからずや長き髪　篠原鳳作《しのはらほうさく》

／月光の重たからずや／長き髪／

句中の切れのある一物仕立て。月光が長い黒髪を水のように流れている。重さなどない月光さえも重たく感じられるほど、しっとりと潤った黒髪なのです。

さて、秋は初秋八月（旧暦七月）、仲秋九月（旧暦八月）、晩秋十月（旧暦九月）まで三か月に及びます。この間、満月は三回（年によっては四回）めぐってきます。月という季語はこのどの月にも使えるのですが、ことに仲秋九月の月をさすことが多い。この仲秋九月の満月が中秋の名月です。

中秋の名月は仲秋の満月という意味ではなく、秋三か月の真ん中、旧暦八月十五日の月という意味で「中秋」の字を使います。単に「名月」「望月」「十五夜」といっても中秋の名月のことです。「今日の月」「月今宵」ともいいます。

中秋の名月は晴れやかに照りわたる。

十五夜の雲のあそびてかぎりなし　　後藤夜半《ごとうやはん》

／十五夜の雲のあそびてかぎりなし／

一物仕立て。名月に照らされる夜空いっぱいに白い雲が浮かんでいる。晴れやかな十五夜の空です。

盆《ぼん》の月《つき》　初

中秋の名月に対して初秋の満月を「盆の月」、晩秋の十三夜を「後の月」といいます。「盆の月」は残暑厳しいころの月であり、「後の月」は肌寒さを覚えるころの月です。「盆の月」「後の月」という季語を使う場合、初秋、晩秋それぞれの月の特徴をきちんととらえて詠むことが大事です。

さむしろや門で髪ゆふ盆の月　　蓼《りょう》太《た》

／さむしろや／門で髪ゆふ盆の月／

取り合わせ。湯上りの女性が夕涼みがてら門口に敷いた筵に横ずわりして髪を結っている。

浴《ゆあみ》して我が身となりぬ盆の月　一《いっ》茶《さ》

／浴して我が身となりぬ／盆の月／

取り合わせ。一風呂浴びて昼間の汗や埃を洗い流し、やっと人心地ついたというのです。どちらもまだ暑い初秋の感じがよく出ています。

後《のち》の月《つき》

晩　十三夜《じゅうさんや》・名残《なごり》の月《つき》・月《つき》の名残《なごり》・二夜《ふたよ》の月《つき》・後《のち》の今宵《こよい》・後《のち》の名月《めいげつ》・豆名《まめめい》月《げつ》・栗名月《くりめいげつ》・女名月《おんなめいげつ》・姥月《うばつき》

あつ物に坐《ざ》敷《しき》くもるや后《のち》の月　梅《ばい》室《しっ》

／あつ物に坐敷くもるや／后の月／

一椀の吸い物に座敷がほんのりと曇ったようになる。十三夜の月の宴です。

みちのくの如く寒しや十三夜　　山口青邨《やまぐちせいそん》

／みちのくの如く寒しや／十三夜／

句中の切れのある一物仕立て。今年の十三夜は青邨の故郷みちのくのように寒いというのです。どちらもすでに肌寒い晩秋の感じがあります。

このように中秋の名月に対して、「盆の月」は初秋らしくやや熱を帯びるように、「後の月」は晩秋らしく冷ややかに詠む。「盆の月」「名月」「後の月」のどれでもいいような句は底の浅い半端な句です。

天《あま》の川《がわ》

三　銀河《ぎんが》・明河《めいが》・星河《せいが》・銀漢《ぎんかん》・銀浪《ぎんろう》・雲漢《うんかん》・天漢《てんかん》・河漢《かかん》・銀湾《ぎんわん》

立秋を過ぎて大気が澄みはじめると、夏の間は暑気で霞んでいた天の川がはっきり見えるようになります。はるかに澄みわたるように詠むことが大事。これが本意です。ちまちまと詠むものではありません。

天の川星より上に見ゆるかな　白《しら》雄《お》
／天の川／星より上に見ゆるかな／

句中の切れのある一物仕立て。「天の川（が）星より上に見ゆるかな」の「が」をとったあとに小さな句中の切れがあります。夜空が澄んでいればこそ、天の川とそのほかの星が立体的に見えるのです。

天の川わたるお多福豆一列　加藤《かとう》楸邨《しゅうそん》
／天の川／わたるお多福豆一列／

句中の切れのある一物仕立て。これも「天の川（を）わたるお多福豆一列」の「を」をとったあとに小さな句中の切れがあります。下膨れのお多福豆たちが手に手をとって歌いながら天の川を渡ってゆくのかもしれません。秋の夜空の愉快な寸劇。

秋風《あきかぜ》

三　秋《あき》の風《かぜ》・秋風《しゅうふう》・白風《はくふう》・金風《きんぷう》・爽籟《そうらい》・風爽《かぜさや》か

一口に秋といっても残暑厳しい初秋八月から肌寒さを覚える晩秋十月までありますから、秋風もさまざま。秋の訪れを知らせる涼しい風も秋風なら、秋の終わりに蕭々《しょうしょう》と吹く風も秋風です。いいかえると、秋風はさまざまに姿を変える。

ただ、共通しているのは夏から冬に向かって自然の力が衰えてゆく、それに伴って吹く風であるということです。そこで、どんな秋風であれ、秋風にはもの寂しい感じがあります。

秋風の吹きわたりけり人の顔　鬼貫

／秋風の吹きわたりけり／人の顔／

人の顔を秋風が吹きわたった。そこで、はっと驚いて天下の秋の訪れを知る。これは初秋の秋風です。

この句は句中の切れのある一物仕立て。「人の顔を秋風の吹きわたりけり」の「人の顔」をいちばんあとにもってきた形です。

終宵《よもすがら》秋風聞くやうらの山　曾《そ》良《ら》

／終宵秋風聞くや／うらの山／

同じく句中の切れのある一物仕立て。この句は「終宵、うらの山の秋風聞くや」の「うらの山」を最後にもってきています。

『おくのほそ道』の旅も終わり近く、加賀の国でお腹《なか》をこわし、芭蕉を置いて先を急ぐ曾良が詠んだ句です。今の暦では九月半ば過ぎ。冬も間近な北国の夜の心細い秋風です。

このように秋風は場面に応じて姿を変えますから、自分が詠もうとする秋風がどんな秋風なのか、つかんでおかなくてはなりません。

ここまで一物仕立ての句をみてきましたが、取り合わせの句でも同じです。

秋風やしらきの弓に弦《つる》はらん　去《きょ》来《らい》

／秋風や／しらきの弓に弦はらん／

「秋風や」と「しらきの弓に弦はらん」の取り合わせ。暑い夏が過ぎて秋風が吹くすごしやすい季節になったので何かしようというのです。それが「しらきの弓に弦はらん」という心の動きとなっています。素木の弓を吹く秋風の感触が感じられ、弦を奏でる秋風の音も聞こえてくる。

物言へば唇《くちびる》寒し秋の風　芭蕉

／物言へば唇寒し／秋の風／

「物言へば唇寒し」と「秋の風」の取り合わせ。去来の句は初秋の秋風ですが、芭蕉のこの秋風には晩秋の感じがあります。

秋風や模様のちがふ皿二つ　原《はら》石鼎《せきてい》

／秋風や／模様のちがふ皿二つ／

「秋風や」と「模様のちがふ皿二つ」の取り合わせ。皿の鮮やかな模様が浮かぶわけですから、秋も半ばの明るい秋風です。

地獄絵の女は白し秋の風　武藤《むとう》紀子《のりこ》

／地獄絵の女は白し／秋の風／

「地獄絵の女は白し」と「秋の風」の取り合わせ。地獄絵とあるので、八月二十四日の地蔵盆の句です。大地のほてりが冷めやらぬ夜、地獄の責めにあう白い肌の裸の女たちをこの世の秋風が吹きわたってゆきます。

秋風の取り合わせの句で注意すべきことは、何にでも安易に「秋風や」とか「秋の風」とおかないということです。秋風と桃の花はどんな句にも付きます。一応、格好だけは句になるのですが、いい加減な浅い句になってしまいます。

取り合わせの場合、もっともふさわしい季語を一つ探し出してください。多くの季語のなかに、きっとどこかにあるはずです。ここにあげた句もそのようにして詠まれています。春の風でも秋の暮でもなく、秋風しかおけない。だからこそ秋風とおいた句です。

稲妻《いなずま》

初 稲光《いなびかり》・稲《いね》の殿《との》・稲《いね》の妻《つま》・稲《いね》の夫《つま》・稲《いね》つるみ・いなつるび・いなたま

空中放電現象の轟音は雷、閃光《せんこう》は稲妻。俳句では豪快な雷は夏とし、凄まじい稲妻は秋としてきました。一つの現象の音と光なのに季節を分ける。鋭敏な季節感といわなければなりません。

稲妻は空中放電の光だけをさすのですから、稲妻といえば音がしない。静かな閃光。これが本意です。実際には大音響が轟いても稲妻の句は静かに詠むこと。

稲　妻　や　浪　も　て　ゆ　へ　る　秋　津　島　　蕪　村

／稲　妻　や　／　浪　も　て　ゆ　へ　る　秋　津　島／

取り合わせ。稲妻が音もなくひらめいた瞬間、日本列島（秋津島）が闇に浮かび上がる。「浪もてゆへる」とは白い波に縁どられているという意味です。

は　ら　は　ら　と　稲　妻　か　か　る　ば　せ　を　か　な　　樗《ちょ》　堂《どう》

／は　ら　は　ら　と　稲　妻　か　か　る　ば　せ　を　か　な／

一物仕立て。稲妻が光るたびに芭蕉（ばせを）の大きな緑の葉が照らされる。「はらはらと」とは雨や花びらなどがまばらに降りかかるさまをいうのですが、稲妻の光をまるで水か何かのように描いています。

い　な　づ　ま　の　花　櫛　に　憑　く　舞　子　か　な　　後藤夜半

／いなづまの花櫛に憑く舞子かな／

一物仕立て。こちらは稲妻を浴びる舞妓さん。花櫛の金銀の飾が稲妻にきらめく。「憑く」とは稲妻が花櫛を気に入って遊んでいるというのです。稲妻が音もなく静かだからこそ凄みがある。

七夕《たなばた》

初

棚機《たなばた》・棚機《たなばた》つ女《め》・七夕祭《たなばたまつり》・星祭《ほしまつり》・星祭《ほしまつ》る・星祝《ほしいわい》・星《ほし》の手向《たむ》け・星《ほし》の秋《あき》・秋七日《あきなぬか》・星今宵《ほしこよい》・星《ほし》の歌《うた》・芋《いも》の葉《は》の露《つゆ》・七夕送《たなばたおく》り・星宮祭《ほしのみやまつり》・乏《とも》し妻《づま》・七夕流《たなばたなが》し・七夕棚《たなばただな》

七夕や秋を定むる夜のはじめ　　芭蕉

／七夕や／秋を定むる夜のはじめ／

句中の切れのある一物仕立て。「七夕は秋を定むる夜のはじめ」という意味ですが、「七夕」のあと、切字の「や」で切った。句意は七夕の夜から秋らしくなるというのです。

旧暦七月はすでに初秋ですから、七夕は古くから秋の初めの行事でした。立秋のすぐあと、今の暦では八月初旬のことです。このころになると、空気が澄んで織姫も彦星も天の川もよく見えるようになります。

ところが、明治六年（一八七三年）の改暦以降、新暦七月七日に七夕をするところが出てきました。しかし、新暦の七夕は旧暦の七夕と違います。まず新暦七月は秋ではなく夏であること。さらにちょうど梅雨の終わりに当たるので、雨に降られて星空など見えない年がほとんどです。

改暦で秋と夏二つの七夕ができてしまったわけです。そこで七夕の句を詠む場合、七夕が初秋の行事であることを念頭においておくことが大事です。

七夕や髪ぬれしまま人に逢ふ　橋本多佳子《はしもとたかこ》

／七夕や／髪ぬれしまま人に逢ふ／

取り合わせ。年に一度だけ七月七日の夜に織姫と彦星が天上で逢うという初秋の天上の恋が七夕の本意です。この本意が、髪を乾かさないまま人と逢うという女性の行動をどこかしら秘めやかなものにしています。

この句の感触も初秋の夜ならではのこと。もし夏の最中なら「髪ぬれしまま人に逢ふ」など暑苦しい。

では、新暦七月七日の七夕は俳句に詠めないかというとそうではありません。ただ、その場合、夏の、しかも梅雨時の七夕らしく詠まなくてはなりません。

荒梅雨のその荒星が祭らる　　相生垣瓜人《あいおいがきかじん》

／荒梅雨のその荒星が祭らる／

一物仕立て。季語は「星祭る」です。しかし、この句では、もう一つ「荒梅雨」という夏の季語を入れて、新暦の梅雨の最中の七夕であることをはっきりさせています。やや強引なやり方ですが、その強引さがこの句のおもしろみでもあります。

七夕という季語には初秋の気配があるので、ただ七夕とあれば初秋の句です。この季語で不用意に新暦の七夕を詠むと、実際の季節（晩夏）と季語の語感（初秋）がちぐはぐな、どっちつかずの句になってしまいます。

新酒《しんしゅ》

晩　今年酒《ことしざけ》・早稲酒《わせざけ》・新走り《あらばしり》・利酒《ききざけ》・聞酒《もんしゅ》・新酒糟《しんしゅかす》

新米で造った酒が新酒です。晩秋十月の季語。ところが、酒の醸造は寒造が主流になったので、秋の季語としての新酒の実体は薄れつつあります。しかし、実体がどうであれ、新酒はやはり秋の季語。晩秋のかぐわしい田園の香りがする。これが本意です。
　新走りといえば勢いがあり、今年酒といえば円満な風味が生まれます。

　旅人となりにけるより新酒かな　才《さい》麿《まろ》
／旅人となりにけるより新酒かな／

　一物仕立て。旅に出てからたちまち新酒の季節になったというのです。行く先々で自慢の新酒をもてなされる。うれしいこと、この上なし。

　新走その一《いっ》掬《きく》の一《いち》引《びき》を　稲畑汀子《いなはたていこ》
／新走／その一掬の一引を／

　句中の切れのある一物仕立て。「一引」とは新酒の初搾りのこと。それを一掬《すく》いして「召し上がれ」とすすめるところ。走、掬、引という素早い動きを表わす三つの漢字がこの句を勢いのある句にしています。

小鳥《ことり》

仲　晩　小鳥渡《ことりわた》る・小鳥来《ことりく》る

秋、人里を訪れる珍しい小鳥の姿を見かけてはっと驚く、その驚きこそが小鳥の本意。籠のカナリアや文鳥、見慣れた雀は残念ながら小鳥とはいいません。

小鳥来る音うれしさよ板びさし　　蕪村

／小鳥来る音うれしさよ／板びさし／

句中の切れのある一物仕立て。「小鳥来る板びさしの音うれしさよ」の「板びさし」を切り出して、最後にすえた。小鳥たちが板庇に立てるかすかな音にはっとしている。それが「うれしさよ」です。

思ふことかがやいてきし小鳥かな　　石田郷子《いしだきょうこ》

／思ふことかがやいてきし／小鳥かな／

取り合わせ。小鳥を見て、はっと驚く。その驚きが「思ふことかがやいてきし」です。

雁《かり》

晩

雁《がん》・かりがね・真雁《まがん》・菱喰《ひしくい》・沼太郎《ぬまたろう》・酒面雁《さかつらがん》・雲井《くもい》の雁《かり》・小田《おだ》の雁《かり》・病雁《びょうがん》・四十雀雁《しじゅうからがん》・白雁《はくがん》・黒雁《こくがん》・初雁《はつかり》・雁渡《かりわた》る・天津雁《あまつかり》・雁《かり》の棹《さお》・雁行《がんこう》・雁《かり》の列《れつ》・落雁《らくがん》・雁鳴《かりな》く・雁《かり》が音《ね》

雁は時空の彼方から彼方へと旅をする鳥。雁を仰ぎながら、はてしない空間と秋から冬へと向かう悠久の時間に思いを馳せ、ちっぽけな我が身を省みる。これが雁という季語の本意です。晩秋十月の季語です。

雁という漢字は音で読めば「がん」、訓で読めば「かり」。どちらの読み方もその鳴き声からきていることからわかるように、中国でも日本でも姿より声の鳥でした。雁の字は「かりがね」とも読みますが、これは「雁が音」、雁の声という意味です。

大型の鳥ですから田や水辺に降りているときはもちろん、竿や鉤になって空を飛んでいるときもよく見えます。そこで雁は声だけでなく姿も詠まれます。

病《やむ》雁《かり》の夜《よ》寒《さむ》に落ちて旅寝かな　芭蕉

／病雁の夜寒に落ちて／旅寝かな／

句中の切れのある一物仕立て。句中の切れといっても「夜寒に落ちて」のあとの小さな切れです。近江の堅田《かただ》での句。水辺で羽を休める一羽の病の雁に、病を抱えて旅寝する自分の姿を重ねています。

湖《みづうみ》もこの辺にして雁渡る　高浜虚子《たかはまきよし》

／湖もこの辺にして／雁渡る／

これも「この辺にして」のあとに小さな句中の切れを入れた一物仕立て。芭蕉が病雁の句を詠んだ堅田での句。雁の渡る大きな空間と時間を大づかみにした句です。

旅人の雁をかぞへて日をかぞふ　山口青邨

／旅人の雁をかぞへて日をかぞふ／

一物仕立て。旅人が天を仰いでは雁の数を数え、頭を垂れては旅を続けてきた日数を思う。雁の本意をいい当てた句です。

雁《かりがね》や残るものみな美しき　石田波郷《いしだはきよう》

／雁や／残るものみな美しき／

取り合わせ。波郷が出征するときの句です。戦場へおもむく我が身も、あとに残る人々も日本の山河もみな大きな時のめぐりのなかにある。「雁や」の切れが雁という季語をみごとに生かしています。

初《はつ》雁《かり》や空にしらるる秋の道　　素《そ》丸《がん》

／初雁や／空にしらるる秋の道／

取り合わせ。雁が初めて渡ってくるころになると、空に秋の道があるのがわかるというのです。この句も「初雁や」の切れが初雁という季語をよく生かしている。

その年の秋、最初に渡ってくる雁が初雁。遠くから聞こえてくるかすかな声、はるかな空に見つけた小さな姿。初雁という季語には雁よりも、もっとはるかな感じがあります。

蜩《ひぐらし》

初 日暮《ひぐらし》・茅蜩《ひぐらし》・かなかな

蜩は澄んだ声が命。これがそのまま本意です。

ひぐらしや明るき方へ鳴きうつり
／ひぐらしや／明るき方へ鳴きうつり／　暁《きょう》　台《たい》

句中の切れのある一物仕立て。まだ日の差している木々で蜩がふたたび鳴きはじめた。蜩の声が夕べの日差しそのもののようです。

かなかなに母子の蚊帳《かや》のすきとほり
／かなかなに／母子の蚊帳のすきとほり／　石田波郷

取り合わせ。妻と子の姿が蚊帳に透けている。蜩の声の透明感がよく生かされています。

「かなかな」というと、蜩というより柔らかな感じがします。波郷の句が「ひぐらしに」

だったら、もっと固い句になっていたはずです。

このように意味が同じでも言葉が違えば、句の世界が変化します。ここが大事。意味が同じならどちらでもいいじゃないかというのはダメ。

虫《むし》

㊂ 鳴《な》く虫《むし》・虫鳴《むしな》く・虫《むし》の声《こえ》・虫《むし》の音《ね》・虫時雨《むししぐれ》・虫《むし》の闇《やみ》・虫《むし》の秋《あき》・昼《ひる》の虫《むし》・虫《むし》すだく・虫聞《むしきき》

虫といえば、秋の夜鳴く虫。それも虫の姿ではなく、虫の声のこと。わざわざ「虫の声」「虫の音」といわなくても声のことです。その声の涼しく澄みきった感じがこの季語の本意です。

行水の捨てどころなき虫の声　　鬼貫

／行水の捨てどころなき／虫の声／

句中の切れのある一物仕立て。行水を捨てるにも困るほど、そこらじゅうで虫が鳴いている。

虫ごゑの千万の燈《ともし》みちのくに　　川崎展宏

／虫ごゑの／千万の燈みちのくに／

取り合わせ。ふつうなら「虫鳴くや」あるいは「虫時雨」とするところを「虫ごゑの」として「千万の燈」につないだ形。ただ意味の上では「虫ごゑの」でいったん切れます。みちのくの家々の灯火が夜の闇に浮かび、虫が鳴きしきっている。虫の声が何やら明かりをともしているような感じもします。

もし「虫ごゑの」で切らず「虫ごゑの千万の燈」と続けて一物仕立ての句として読むと、「虫ごゑの」は「千万の燈」の説明の言葉に変わります。こうなると、句意があらわになりすぎて句が浅くなります。

其《その》中《なか》に金《きん》鈴《れい》をふる虫一つ　　高浜虚子

／其中に金鈴をふる虫一つ／

一物仕立て。虫時雨のなかに金の鈴を振るようにひときわ澄んだ声を聞きとめたのです。

或る闇は蟲の形をして哭《な》けり　　河原《かわはら》枇杷《びわ》男《お》

／或る闇は蟲の形をして哭けり／

一物仕立て。闇の中ですだく無数の虫に混じって、闇が虫の姿をして鳴いている。ここでは声をあげて嘆き悲しむという意味の「哭」という字を使っています。戦争などで悲運の最期をとげた人が虫となって鳴いている。虫という季語は使いようによってはこんなことまで表現できるのです。

紅葉《もみじ》

晩

もみじ葉《ば》・色葉《いろば》・色見草《いろみぐさ》・妻恋草《つまこいぐさ》・紅葉《もみじ》の錦《にしき》・梢《こずえ》の錦《にしき》・下紅葉《したもみじ》・入紅葉《いりもみじ》・夕紅葉《ゆうもみじ》・紅葉《もみじ》の淵《ふち》・紅葉《もみじ》の川《かわ》・紅葉《もみじ》の筏《いかだ》・紅葉《こうよう》・紅葉《もみじ》の笠《かさ》・竜田草《たつたぐさ》・渓紅葉《たにもみじ》・庭紅葉《にわもみじ》・紅葉川《もみじがわ》・紅葉山《もみじやま》・紅葉出《もみい》づ・紅葉《もみ》づ

晩秋、草木が冬枯れを前にして一瞬、紅や黄に燃え上がる。華やかにして寂しさを含むもの。これが紅葉という季語の本意です。

「花も紅葉も」というとおり、雪月花とならんで日本の四季を表わす大きな季語の一つですが、人を圧倒するほど鮮やかな色彩をどう扱うか、これが紅葉という季語を生かすうえで大事です。

大紅葉燃え上らんとしつゝあり　　高浜虚子

／大紅葉／燃え上らんとしつゝあり／

「大紅葉」のあとに小さな句中の切れのある一物仕立て。「燃え上らんと」というとおり紅葉の盛りではなく、その直前を詠んでいます。盛りを避けて、逆に盛りを想像させるのです。

障子しめて四方《よも》の紅葉を感じをり　　星野立子《ほしのたつこ》

／障子しめて／四方の紅葉を感じをり／

これも「障子しめて」のあとに小さな句中の切れのある一物仕立て。障子を締め切って、その白い紙の向こうに紅葉を想像させる。虚子と立子は父と娘。この二つの句は心の動きがよく似ている。

この樹登らば鬼女となるべし夕紅葉　　三橋鷹女《みつはしたかじょ》

／この樹登らば鬼女となるべし／夕紅葉／

句中の切れのある一物仕立て。「もし夕暮れのこの紅葉の木に登れば」というのです。この句は紅葉の色彩を解き放ち、その力に身も心も委ねている。鬼となろうと構わない。そこに尋常でない激しさがある。

一片の紅葉を拾ふ富士の下　　富安風生《とみやすふうせい》
／一片の紅葉を拾ふ／富士の下／

「一片の紅葉を拾ふ」と「富士の下」の取り合わせ。紅葉を一片にして、その小と富士の大を対比させています。これでどうにかバランスがとれる。紅葉の鮮やかさを抑えるのに富士山の力を借りている句です。

朝顔《あさがお》

初　牽牛花《けんぎゅうか》・西洋朝顔《せいようあさがお》

朝顔は実際には梅雨明けのころ、夏のうちから咲きはじめます。しかし、昔の人は、人々がまだ寝ている明け方、ひそかに開くこの花の風情に秋の気配を感じて初秋の季語にしました。秋とはいってもまだ暑い日中を避けて、朝早くそっと花を開く。このひそかさこそが朝顔の本意です。もし夏の季語ならこの感じはありません。

朝《あさ》皃《がほ》や露もこぼさず咲きならぶ　樗《ちよ》良《ら》

この句の切れの位置は／で示すとこうなります。

／朝皃や／露もこぼさず咲きならぶ／

上五のあとに句中の切れがありますが、一物仕立ての句です。朝顔の花に朝露が置いている。朝顔という季語の本意を汲《く》んだ句です。

この句の意味は「朝皃は露もこぼさず咲きならぶ」ということですが、

朝皃は露もこぼさず咲きならぶ

とするのと、

朝皃や露もこぼさず咲きならぶ

とするのとでは句の世界が違います。

「朝皃は」とすると、朝顔という季語は「朝皃は露もこぼさず咲きならぶ」という散文の主語です。朝顔の姿を論理的に説明する言葉でしかありません。

これに対して、「朝皃や」としてここで切ると、朝顔という季語は文章から解き放たれて朝顔そのものを表わす言葉に変わる。いわば色や匂いをもった言葉に変わります。

それとともに、切れによって「間」が生まれ、句の世界がぐんと広がる。いいかえると、切れによって季語が十分に生かされているわけです。季語と切れが一体というのはこのことです。

この句は朝顔の花の色を何色といっていませんが、ただ朝顔といえば藍か紺。梅といえば白梅、椿といえば紅椿であるのと同じです。

次の句も藍色の朝顔。

朝がほや一輪深き淵のいろ　　蕪村

／朝がほや／一輪深き淵のいろ／

これも句中の切れのある一物仕立て。この句には「澗水湛如藍」（「澗水湛《かんすいたた》ヘテ藍ノ如シ」）という前書があります。

中国宋の時代の禅の指南書『碧巌録《へきがんろく》』の一節です。ある僧が大龍山の智洪和尚に永遠の真理を問うと、和尚は「山花開イテ錦ニ似タリ、澗水湛ヘテ藍ノ如シ」と答える。山は花開いて錦のようであり、谷は水をたたえて藍のようだ。何の先入観もない赤ん坊のきれいな目に映る、ありのままの山河の姿こそ永遠の真理というわけです。

蕪村の句は、この朝顔の花も谷の水のように藍をたたえているというのです。『碧巌録』の一節と合わせて読むと、朝顔の藍に目を洗われるような気がします。

朝顔の紺のかなたの月日かな　　石田波郷

／朝顔の紺のかなたの月日かな／

一物仕立て。朝顔の紺色の花を見つめていると、過ぎ去った遠い日々が思い浮かぶというのです。このひっそりとした回想も初秋の朝ならでは。夏の暑い盛りでは味わえません。

鶏頭《けいとう》

三　鶏頭花《けいとうか》・扇鶏頭《おうぎけいとう》・箒鶏頭《ほうきけいとう》・槍鶏頭《やりけいとう》・房鶏頭《ふさけいとう》・ちゃぼ鶏頭《けいとう》・紐鶏頭《ひもけいとう》・黄鶏頭《きけいとう》・三色鶏頭《さんしょくけいとう》・韓藍《からあい》の花《はな》・からあい

燃えるような色、塊のような姿。優しい秋の草花の中で鶏頭は強烈な存在感のある花です。これがそのままこの季語の本意。

人の如く鶏頭立てり二三本　　前田普羅《まえだふら》

／人の如く鶏頭立てり／二三本／

句中の切れのある一物仕立て。鶏頭が二、三本、まるで人のように立っている。「人の如く」というところが鶏頭らしい。

鶏頭を三尺はなれもの思ふ　　細見綾子《ほそみあやこ》

／鶏頭を三尺はなれもの思ふ／

一物仕立て。互いに三尺はなれてたたずむ鶏頭と人。普羅の句は鶏頭を人のようだというのですが、この句は鶏頭と人を並べています。どちらも鶏頭に人間に匹敵するほどの存在感をみてとっているのです。

鶏頭に鶏頭ごつと触れゐたる　　川崎展宏

／鶏頭に鶏頭ごつと触れゐたる／

一物仕立て。鶏頭はまさに「ごつ」という感じの花。鶏頭の存在感そのものを正面から詠んだ名句です。

萩《はぎ》

初

鹿鳴草《しかなきぐさ》・鹿妻草《しかつまぐさ》・初見草《はつみぐさ》・古枝草《ふるえぐさ》・玉見草《たまみぐさ》・月見草《つきみぐさ》・庭見草《にわみぐさ》・野守草《のもりぐさ》・糸萩《いとはぎ》・小《こ》萩《はぎ》・もとあらの萩《はぎ》・真《ま》萩《はぎ》・白萩《しらはぎ》・宮城野《みやぎの》萩《はぎ》・秋萩《あきはぎ》・初萩《はつはぎ》・萩原《はぎわら》・萩《はぎ》むら・萩《はぎ》の下《した》風《かぜ》・萩《はぎ》の下露《したつゆ》・野《の》萩《はぎ》・山萩《やまはぎ》・萩《はぎ》の花《はな》・萩散《はぎち》る・こぼれ萩《はぎ》・乱《みだ》れ萩《はぎ》・括《くく》り萩《はぎ》・萩《はぎ》の戸《と》・萩《はぎ》の宿《やど》・萩《はぎ》の主《あるじ》・萩見《はぎみ》

夏を越えたことを静かに喜ぶかのように安らかな風情の草花たち。萩は秋草の筆頭。秋の野山の風情は萩に極まります。これが本意。

白　露　も　こ　ぼ　さ　ぬ　萩　の　う　ね　り　か　な　　　　芭　蕉

／白　露　も　こ　ぼ　さ　ぬ　萩　の　う　ね　り　か　な／

一物仕立て。言葉自体がしなやかにうねる萩の枝かと思うほど、芭蕉の真髄からうねり出たかのような一句です。このような句と並べると、たいていの句は小細工にみえる。これに並べられる句は芭蕉の句しかありません。

一家に遊女も寝たり萩と月　　芭蕉

／一家に遊女も寝たり／萩と月／

取り合わせ。『おくのほそ道』市振《いちぶり》での句。今宵、同じ宿に旅の遊女も寝ている。萩の咲く野山を月が照らしているというのです。「萩と月」は遊女の名前であるなどというのは理屈の解釈。せっかくの句中の切れ＝間がだいなしになってしまいます。

桔梗《ききょう》

初　きちこう・おかととき・ありのひふきぐさ・一重草《ひとえぐさ》

桔梗は初秋の花。そのすっきりとした姿をみると、暑い夏をどうにか乗り越えられたなあという思いが湧きます。秋を迎えたこの安らかな感じこそ本意。

桔梗の花の中よりくもの糸　　高野素十《たかのすじゅう》

／桔梗の花の中よりくもの糸／

一物仕立て。桔梗の花の奥から蜘蛛《くも》の糸が伸びているというのです。実際に糸が出ているのでも、そう見えるのでもいい。端正な桔梗の花に不思議な感じを見出した句です。

桔 梗 の 生 涯 と い ふ べ か り け り

清水芳朗《しみずよしろう》

／桔 梗 の 生 涯 と い ふ べ か り け り／

一物仕立て。「桔梗の生涯」とは桔梗の花を彷彿《ほうふつ》とさせるような生涯だったというのです。桔梗のような、とは気骨ある一生を思わせます。桔梗の本意をよく生かしている句です。

第四章

時候の季語の落とし穴——冬の季語

時候の季語の落とし穴

冴返る《さえかえ》（春）、薄暑（夏）、身に入む《し》（秋）、春隣（冬）など、どれも時候を表わす季語ですが、だいたい漠然としているので、取り合わせの句の場合、たいていのものに合います。そこで安易に使われがちなのです。

今、「火のけなき家つんとして」という上五中七ができたとします。さて、下五にはどんな季語をおいたものか。仮に「寒さかな」とおいたとします。

火のけなき家つんとして寒さかな
／火のけなき家つんとして／寒さかな／

ところが、これでは火の気の絶えた家の中のつんと張りつめた空気を「寒さ」という季語で重ねて説明しただけのこと。そうなると、「火のけなき家つんとして」のあとで一応は切れるのですが、この句中の切れ＝間《ま》がうまく働きません。

その結果、「火のけなき家つんとして」と「寒さ」という季語がべったりくっついて、どちらも十分に生かされない。「夜寒かな」「冴返る」などと変えてみても同じです。夜寒

（秋）、寒さ（冬）、冴返る（春）のような時候の季語は、みな「火のけなき家つんとして」の説明になってしまうのです。

新聞やテレビの投句の選をしていると、おびただしいこの手の句に出会います。初心者はもちろん、ベテランといわれる人でも、しばしばこのような句を詠んでしまう。

その最大の原因は、取り合わせについての勘違いにあります。異なる二つの素材を並べる。これが取り合わせです。

降る雪や明治は遠くなりにけり　中村草田男《なかむらくさたお》

この草田男の句は「降る雪や」と「明治は遠くなりにけり」の取り合わせでできています。ここで大事なことは、取り合わせる二つの素材は一見、互いに無関係であるということです。

／降る雪や／明治は遠くなりにけり／

この何も関係のない二つの素材を一句の中に並べると、そこに新たな関係＝新たな詩情が生まれるわけです。この句では、降りしきる雪を仰ぎながら明治という時代も遠くなってしまったなあと感慨に耽《ふけ》っている一人の人物が浮かび上がる。

取り合わせとは、このように何の関係もなさそうな二つの素材を並べて、そこに新たな関係＝新たな詩情を見出す詠み方です。

ところが、私たちはときどき、このことを忘れて「明治は遠くなりにけり」という感慨をもっと丁寧に季語で説明してやろうと思ってしまう。そこで、えてして「麗かや」などとおいてしまうのです。

麗 か や 明 治 は 遠 く な り に け り

この句は、あまりに春の麗かな天気なので頭の中がぼーっとして、明治も遠くなってしまったような気がするということになります。「明治は遠くなりにけり」という感慨と「麗か」（春）という季語は互いに関係がないどころか、初めから理屈でつながっている。こんなものを二つ並べたところで、新たな詩情が生まれるはずがありません。

「火のけなき」の句も同じです。このような句が日々、いたるところでたくさん詠まれているのは、一見、互いに無関係な二つの素材を並べるという取り合わせの基本を忘れて、ダメ押しのように季語を使おうとするからです。そのために「火のけなき家つんとして」と「寒さかな」のように互いに似たもの同士を、つい並べてしまうわけです。

では、「火のけなき家つんとして」には何を取り合わせたらいいか。安易に「寒さかな」などとせず、十分に「間」のある（一見、無関係な）、しっかりした季語を一つ見つけてください。

そこに一茶は冬椿という季語をおきました。

火のけなき家つんとして冬椿　一《いっ》茶《さ》

これでやっと一句になりました。

無季の句について

『朝日新聞』の「俳壇」で、

沖縄や悲しき歌を晴晴と　小《お》栗《ぐり》たゑ

という句を選び、選評に「無季。地名が一句に入るとき、季語不要の場合がある」と書いたところ、多くの人から「なぜ、地名が入ると、季語が要らない場合があるのか」という質問をいただきました。

その答えは一言でいうと、地名は季語と同じ働きをするからです。とくに松島や吉野山など、歌枕と呼ばれる地名の場合、季語と同じように働きます。

というのは、季語も歌枕も人間の想像力が作り上げたものだからです。たとえば、桜という季語は単に桜の花をさすだけでなく、昔から日本人が体験してきた桜にまつわるさまざまなことを呼び起こします。それと同じように、松島という歌枕は松島という土地をだけでなく、松島にまつわるさまざまなことを思い起こさせるのです。

季語には季語の宇宙があるように、歌枕には歌枕の宇宙があります。桜には桜の宇宙があり、秋風には秋風の宇宙があるように、松島には松島の宇宙があり、吉野山には吉野山の宇宙があるのです。

では、季語と歌枕はどこが違うかといえば、季語は四季という時間のめぐりの中にちりばめられているわけですが、歌枕は日本、あるいは世界という空間の広がりの上に散らばっている。季語は時間上の歌枕であり、歌枕は空間上の季語なのです。

このように季語と歌枕という同じ働きをする言葉を二つ、一句の中に入れると、それぞれの宇宙が衝突して句が分裂してしまう。そこで「朝日俳壇」の選評に書いたとおり「地名が一句に入るとき、季語不要の場合がある」わけです。

芭蕉はこのことに気づいていました。「名所のみ雑の句にも有りたし。季を取り合はせ、歌枕を用ゆ。十七文字にはいさゝか志述べがたし」(『三冊子』)と語っています。この「雑の句」とは無季の句のこと。名所の句は無季でもいい。季語と歌枕が一句に入ると、窮屈でいいたいことがいえないというのです。

歩行《かち》ならば杖つき坂を落馬哉　芭《ば》蕉《しょう》

あさよさを誰まつしまぞ片ごゝろ
むさし野やさはるもののなき君が笠

みな芭蕉の無季の句です。なぜ、無季にしたのか。どの句にも地名が入っているからです。「杖つき坂」「まつしま」「むさし野」がそれです。

嶋々や千々にくだきて夏の海　　芭　蕉

芭蕉が『おくのほそ道』の旅の途中、松島で詠んだ句です。上五を、なぜ「松島や」としなかったか。それは「夏の海」という季語があるからです。

そこで、最初の「沖縄や」の句に戻ると、この句の沖縄はまさに現代の歌枕です。沖縄と聞いただけで、この島の歴史、とくに太平洋戦争中のできごとを思い出します。だからこそ、沖縄という歌枕があれば、季語は要らない、季語を入れるとかえって煩わしいと作者の小栗さんは考えたのではないか。

ただ、地名が入れば、どんな句にも季語は要らないかといえば、決してそうではない。むしろ、地名が入っていても季語が必要であることが多い。

芭蕉も季語と地名のどちらも入っている句をたくさん詠んでいます。

象潟や雨に西施がねぶの花　　芭蕉

この句の象潟《きさかた》は歌枕、「ねぶの花」は季語です。季語と地名がぶつかるかどうか、要は一句ごとに判定すべき問題なのです。

もう一つ忘れてならないのは、無季の句はあくまで例外的なものであるということ。無季の句はわざわざ無理をして詠むものではない。芭蕉は生涯に千句近い句を残しましたが、そのうち無季の句はほんの数句にすぎません。

江戸時代の時刻

江戸時代の人々はどんな時間の中で暮らしていたのか。現代の私たちは、昔の人々も今と同じような時間の中で生きていたのではないかと漠然と想像しているのですが、そこには大きな違いがあります。

一つは旧暦（太陰太陽暦）と新暦（太陽暦）という暦の違い。そのいちばん違うところは一年のはじまる時期です。今の新暦では冬至（太陽暦十二月二十二日ごろ）から十日ほどして新年がはじまります。ところが、旧暦では立春（太陽暦二月四日ごろ）前後に正月を迎えていました。

その結果、新暦の正月は冬の最中ですが、旧暦の正月は春の初めでした。この旧暦から新暦への暦の切り替えが季語の本意や歳時記の構成に大きな影響をもたらしたことはすでにご存じのとおり。

もう一つ、現代と江戸時代の時間が違うのは一日の時刻です。これは暦の違いほど知られていません。

今では一日は真夜中の午前零時にはじまり、次の真夜中の午前零時の前で終わります。これを二十四等分したのが一時間。この一時間は昼と夜、あるいは季節や場所が違っても同じ長さです。こうした時刻の定め方を「定時法」といいます。

江戸時代の時刻はこれとまったく違いました（157ページの図参照）。

基準となるのは午前零時ではなく、日の出と日の入りです。まず日の出が「明け六つ」（卯の刻）。これに対して日の入りは「暮れ六つ」（酉の刻）。この明け六つから暮れ六つまでの昼の時間を六等分したものが昼の一刻（一時《いっとき》、一つ）。一方、暮れ六つから明け六つまでの夜の時間を六等分したものが夜の一刻。これが「不定時法」と呼ばれるものです。

日の出と日の入りは季節によって早かったり遅かったりしますが、不定時法では季節にかかわりなく、日の出は必ず明け六つ、日の入りは必ず暮れ六つとされていました。これでいくと、一年のうちで昼と夜の一刻の長さがぴったり同じになるのは、昼と夜の長さが同じになる春分（三月二十一日ごろ）と秋分（九月二十三日ごろ）、この二日しかありません。

図1　江戸時代の時刻

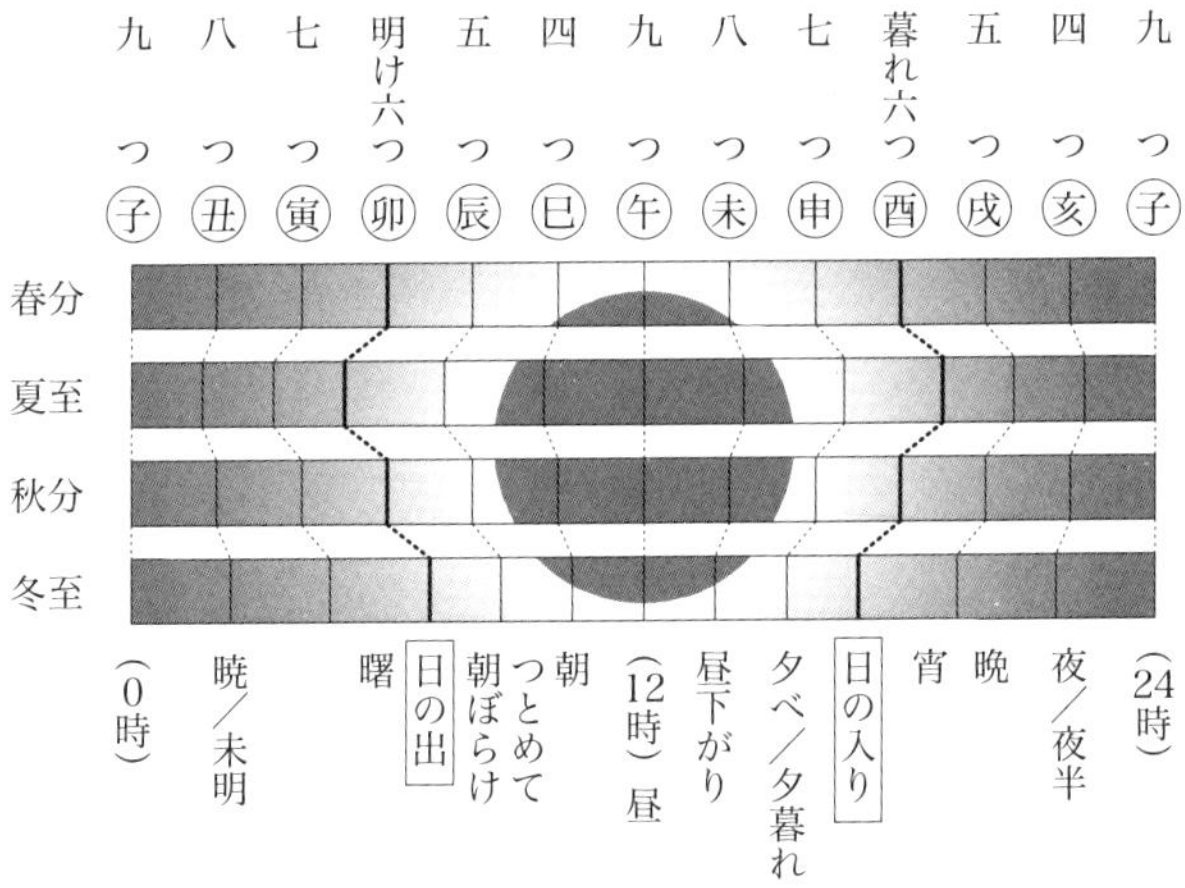

そのほかの三百六十何日かは昼の一刻と夜の一刻の長さが同じではありません。しかも毎日、少しずつ伸び縮みする。春から夏に向かうとき、昼の一刻は長くなり、夜の一刻が短くなります。逆に秋から冬に向かうとき、昼の一刻は短くなり、夜の一刻が長くなるというわけです。

このように、江戸時代まで用いられていた不定時法は現在の定時法に比べると、「ゆらぎ」のある時間のシステムでした。この揺らめく時間の流れの中から、さまざまな季語が生まれてきたわけです。

日永（春）、短夜（夏）、夜長（秋）、日短（冬）という一連の季語がありますが、これらの季語はこうした不定時法の「ゆらぎ」によって育まれたものです。

冬を越して春になれば、温かな昼の一刻が長くなる。人々はこれを喜んで日永といったのです。夏になれば、涼しい夜の一刻が短くなる。これを惜しんで短夜といった。同じように、夏を越して秋になれば、涼しい夜の一刻が長くなる。これを喜んで夜長といい、冬になれば、温かな昼の一刻が短くなるのを惜しんで日短といったのです。

現代の私たちは、ただ何となく春になれば昼が長くなったなあ、秋になれば夜が長くなったなあと思うだけですが、江戸時代の人々はそれを一刻の伸び縮みとして肌身で感じていたわけです。

ただ、この不定時法には一つ問題がありました。それは場所が変われば時刻も変わるということです。不定時法の基準である日の出と日の入りは場所によって異なる。江戸の日の出より京の日の出は遅い。そうなると、江戸の「明け六つ」より京の「明け六つ」は遅くなる。長崎はもっと遅れることになります。

街道を徒歩や馬で往来しているうちは、これで何の支障もないのですが、明治の文明開化の時代を迎えると、困った問題が起きました。たとえば、東京と京都の時間がずれていたのでは、東京を出発した汽車がいったい何時に京都に着くのか（東京の時間か京都の時間か）わからない。途中の駅でも同じ問題が起こる。最悪の場合、汽車同士が衝突脱線してしまう。これでは危なっかしくて汽車を走らせられない。そこで全国の時間を統一するために不定時法をやめ、定時法が採用されたというわけです。

冬の季語の使い方

冬というと、ものみな枯れ果てて寂しい季節と思いがちですが、実は華やかな季節です。ただ春や秋とはちがって、その華やかさは心の中にあります。

埋火は灰の下に赤い火が燃えている。冬眠する熊は赤ちゃんを抱えている。冬ごもりする人にはいろいろな楽しみがある。表は寂しげだが、心の中は華やか。これが冬という季節の本意です。

立冬《りっとう》

初　冬立《ふゆた》つ・冬《ふゆ》に入《い》る・冬来《ふゆきた》る・今朝《けさ》の冬《ふゆ》

冬に入る覚悟と楽しみ。これが立冬の本意です。

あらたのし冬たつ窓の釜の音　　鬼《おに》貫《つら》

／あらたのし／冬たつ窓の釜の音／

取り合わせ。お湯が沸きはじめた釜の音を聞いていると、これからの冬も楽しいものに思えるというのです。楽しそうにお湯の沸く音がすると解釈すれば、一物仕立《いちぶつじた》ての句ですが、これでは句の世界がちょっと小さい。冬の楽しさを見出した句。

跳 箱 の 突 き 手 一 瞬 冬 が 来 る　　友岡子郷《ともおかしきょう》

／跳 箱 の 突 き 手 一 瞬 ／ 冬 が 来 る／

取り合わせ。「跳箱の突き手一瞬」から「冬が来る」への文字どおり一瞬の切り返しが鮮やか。

小春《こはる》

初　小六月《ころくがつ》・小春日《こはるび》・小春日和《こはるびより》・小春空《こはるぞら》・小春風《こはるかぜ》・小春凪《こはるなぎ》

小春という季語には冬の冷たさと春のような暖かさが同居している。これが本意。もともと旧暦十月（神無月、太陽暦十一月ごろ）の呼び名の一つですが、小春日、小春日和の意味で使われます。

海の音一日遠き小春かな　　暁《きよう》台《たい》

／海の音一日遠き／小春かな／

取り合わせ。すぐそこの海の音が遠く聞こえる。うっとりするほど天気のいい冬の一日。この句の「小春かな」は「霞かな」など春の季語でもよさそうですが、それでは一句にしまりがありません。

玉の如き小春日和を授かりし　　松本《まつもと》たかし

／玉の如き小春日和を授かりし／

一物仕立て。小春日和を「玉の如き」とたたえる句です。ここもまた「小春日和」の代わりに「春の日和」でもいいような気がしますが、珍しい冬の小春日和だからこそ「玉の如き」という形容が生きる。

小春という季語は、このように冬であることが隠し味になっています。ここが春の日和と違うところです。春と小春の違いをしっかりつかんでください。

凩《こがらし》

初　木枯《こがらし》

凩は冬の初めの北風。ひゅうひゅうと空を駆けめぐり、木の葉を吹き散らす。これが凩の本意です。凩にかぎりませんが、風は大気の運動ですから、その動きを生かすように詠みたい。

凩の果はありけり海の音　　言《ごん》水《すい》

／凩の果はありけり／海の音／

取り合わせ。野山を吹きつくした凩にも果てがあった、それは海の音である。あの凩もついに海の音になってしまったというのです。「ありけり」の切れ味がいい。その結果、「海の音」との間に深々とした「間」が開けています。この句が評判をとり、作者は「凩の言水」と呼ばれました。

海に出て木枯帰るところなし　　山口誓子《やまぐちせいし》

／海に出て木枯帰るところなし／

一物仕立て。野山を吹き抜けて海へ出てしまった凩はもはや帰るべきところがない。この凩は誓子の果てしない思いそのものです。

木がらしや目刺にのこる海のいろ　芥川龍之介《あくたがわりゅうのすけ》

／木がらしや／目刺にのこる海のいろ／

取り合わせ。目刺が凩に吹かれてきらきら輝くような感じがします。

凩にこころさすらふ湯呑かな　鍵和田秞子《かぎわだゆうこ》

／凩にこころさすらふ／湯呑かな／

取り合わせ。お茶を飲みながら部屋にいても、心は凩とともに遠くへさすらってゆくというのです。

木枯しの大きな息とすれ違ふ　石田郷子《いしだきょうこ》

／木枯しの大きな息とすれ違ふ／

一物仕立て。凩に向かって歩きながら、凩を「大きな息」のようだと思った。「大きな息」を吹きかけるさらに大きなものの気配が感じられます。どの句も凩という風の動きを十分に生かしています。

時雨《しぐれ》

初

朝時雨《あさしぐれ》・夕時雨《ゆうしぐれ》・小夜時雨《さよしぐれ》・村時雨《むらしぐれ》・北時雨《きたしぐれ》・北山時雨《きたやましぐれ》・横時雨《よこしぐれ》・片時雨《かたしぐれ》・月時雨《つきしぐれ》・涙の時雨《なみだのしぐれ》・川音の時雨《かわとのしぐれ》・松風の時雨《まつかぜのしぐれ》・時雨雲《しぐれぐも》・時雨傘《しぐれがさ》・時雨心地《しぐれごこち》・時雨の色《しぐれのいろ》・液雨《えきう》

時雨は冬の訪れを告げる雨。屋根や落ち葉にぱらぱらと音を立てながら通りすぎてゆきます。これが時雨の本意です。

時雨を春の花、秋の月と並ぶ冬の見どころにしたのは芭蕉でした。蕉門の選集『猿蓑』は冬の部からはじまり、巻頭には時雨の句が十三句並んでいます。それは芭蕉が一見、寂しげな時雨の秘める華やぎに目覚め、冬という季節に春や秋とはまた別の華やぎを見出したからです。第一句目は次の句です。

初しぐれ猿も小蓑をほしげ也　　芭　蕉

／初しぐれ／猿も小蓑をほしげ也／

取り合わせ。初時雨が降ってきた。私は蓑を着て山道を急いでいるが、猿も私のような蓑を欲しそうに時雨に濡れている。『猿蓑』という選集の名はこの句からとられました。

翠黛の時雨いよいよはなやかに　高野素十《たかのすじゆう》

／翠黛の時雨いよいよはなやかに／

一物仕立て。「翠黛《すいたい》」は美女の眉のことですが、ここでは眉のようにほのぼのと青い山の姿をいうのです。この句は芭蕉が見出した時雨の華やぎを真っ向から詠んでいます。

天地の間にほろと時雨かな　高浜虚子《たかはまきよし》

／天地の間にほろと時雨かな／

一物仕立て。「ほろと」はもともと涙のこぼれるさまをいう言葉でした。時雨のかすかさ、天地の広大さを感じさせる句です。

しぐるるや駅に西口東口　安住《あずみ》敦《あつし》

／しぐるるや／駅に西口東口／

取り合わせ。これは時雨の降る現代都市の光景です。

時雨という季語で大事なのは時雨の降る景色だけでなく、時雨の音です。古人は時雨の音によって冬の到来を知りました。時雨の句を詠むときは、時雨の音が聞こえるように詠み、時雨の句を鑑賞するときには時雨の音に注意してください。よい句であれば、きっと句の向こうから時雨の音が聞こえてくるはずです。

霰《あられ》 三

初霰《はつあられ》・夕霰《ゆうあられ》・玉霰《たまあられ》・雪《ゆき》あられ・氷《こおり》あられ・急霰《きゅうさん》

霰は弾けるような音が本意。霰の句は霰の音が聞こえるように詠むこと。

あられせば網代の氷魚を煮て出さん　芭蕉

／あられせば網代の氷魚を煮て出さん／

一物仕立て。霰が降ったら網代でとった氷魚《ひお》を煮て進ぜよう。網代に跳ねる霰の音が聞こえるようです。

芭蕉が琵琶湖の南、膳所《ぜぜ》の義仲寺の草庵にいたときの句。網代は木の枝などを編んだもので、これを川に張りめぐらせ、魚を簀《す》の子《こ》へ追いこんでとらえます。琵琶湖から流れ出る瀬田川はその名所でした。氷魚とは鮎の稚魚のことです。

　磐 石 を め が け て 霰 降 り 集 ふ　　山口誓子

／磐 石 を め が け て 霰 降 り 集 ふ／

一物仕立て。この句も大きな一枚岩に降りしきる霰の音が聞こえます。

雪《ゆき》　三

六花《むつのはな》・雪《ゆき》の花《はな》・銀花《ぎんか》・雪空《ゆきぞら》・雪明《ゆきあか》り・雪《ゆき》の声《こえ》・深雪《みゆき》・粉雪《こなゆき》・細雪《ささめゆき》・小米雪《こごめゆき》・白《しら》雪《ゆき》・餅雪《もちゆき》・衾雪《ふすまゆき》・明《あけ》の雪《ゆき》・今朝《けさ》の雪《ゆき》・雪《ゆき》の宿《やど》・新雪《しんせつ》・根雪《ねゆき》・積雪《せきせつ》・べと雪《ゆき》・雪《ゆき》紐《ひも》・筒雪《つつゆき》・冠雪《かんむりゆき》・雪庇《せっぴ》・水雪《みずゆき》・雪華《せっか》・雪片《せっぺん》・しまり雪《ゆき》・ざらめ雪《ゆき》・湿雪《しっせつ》・雪風《ゆきかぜ》・雪月夜《ゆきづきよ》・雪景色《ゆきげしき》・暮雪《ぼせつ》・雪国《ゆきぐに》

雪は白く冷たく美しい。これが雪の本意です。

豪雪地帯では美しいとばかりもいっていられませんが、それでも雪は美しい。その雪の美しさとは白の美しさですが、春の花の薄紅、秋の月の黄金色、紅葉の紅とはちがって色を捨て去った美しさです。

雪は春の花、秋の月とならぶ大きな季語です。ただ、大きなだけにぼんやりした焦点の定まらない句になりがちです。一物仕立てでも取り合わせでも、雪にどのような具体的な形を与えるか、また、自分にとってどう切実なものとして詠むかが鍵になります。

まず一物仕立てから。

馬をさへながむる雪の朝《あした》かな　　芭蕉

／馬をさへながむる雪の朝かな／

一物仕立て。ふだんは野暮でしかない馬でさえ雪の朝は風情あるものに見える。雪の中に一頭の馬を置き、焦点をしっかり定めています。

ながながと川一筋や雪の原　　凡《ぼん》兆《ちょう》

／ながながと川一筋や／雪の原／

句中の切れのある一物仕立て。川を描くことによって雪の原を描いた句です。この二つの句では馬や川が句の焦点となっています。

雪片のつれ立ちてくる深空かな　　高野素十

／雪片のつれ立ちてくる深空かな／

一物仕立て。この句は空を楽しげに舞い落ちてくる雪そのものに焦点を合わせている。

いくたびも雪の深さを尋ねけり　　正岡子規《まさおかしき》

／いくたびも雪の深さを尋ねけり／

一物仕立て。雪の降りはじめた朝、寝たきりの子規が「どれくらい積もった？」と何度も家族に聞いている。さらりと詠んでいますが、子規の重い病状も子どものような気持ちもよくわかります。

次は取り合わせ。

是がまあつひの栖《すみか》か雪五尺　　一《いっ》茶《さ》

／是 が ま あ つ ひ の 栖 か ／ 雪 五 尺／

取り合わせ。人の丈ほども積もった雪を前にして、これが永住する家なのだと嘆息しているのです。

降 る 雪 や 明 治 は 遠 く な り に け り　　中村草田男

／降 る 雪 や ／ 明 治 は 遠 く な り に け り／

取り合わせ。折りしも降りだした雪を仰ぎながら、明治は遠くなったという感慨に耽っているところ。
どちらも眼前の雪に心の中の思いを取り合わせています。

炭 竈 に 火 の ま は り た る 暮 雪 か な　　石原舟月《いしはらしゅうげつ》

／炭 竈 に 火 の ま は り た る ／ 暮 雪 か な／

取り合わせ。夕暮れ、降りしきる雪の中で、ようやく火がまわり、ごうごうと鳴り響く炭竈。

馬もまた歯より衰ふ雪へ雪　宇佐美魚目《うさみぎょもく》

／馬もまた歯より衰ふ／雪へ雪／

取り合わせ。年老いた馬とやむ気配のない雪。

この二句は「もの」と「もの」の取り合わせです。

氷《こおり》

晩　厚氷《あつごおり》・綿氷《わたごおり》・氷面鏡《ひもかがみ》・氷の声《こおりのこえ》・氷の花《こおりのはな》・氷点下《ひょうてんか》・氷塊《ひょうかい》・結氷《けっぴょう》・氷結ぶ《こおりむすぶ》・氷張る《こおりはる》・氷閉づ《こおりとづ》・氷上《ひょうじょう》・氷雪《ひょうせつ》・氷田《ひょうでん》・氷壁《ひょうへき》・氷の楔《こおりのくさび》・蟬氷《せみごおり》・凍裂《とうれつ》

室町時代の連歌師、心敬《しんけい》は「氷ばかり艶なるはなし」（『ひとりごと』）といいました。冷ややかにして艶なるもの。これが氷の本意。

星きらら氷となれるみをつくし　闌更《らんこう》

／星きらきら／氷となれるみをつくし／

取り合わせ。澪標《みおつくし》も凍るほどの寒い夜、空には星がきらきらとまたたいているのです。

澪標は水上に立てる舟の道しるべ。

山河けふはればれとある氷かな　鷲谷《わしたに》七菜子《ななこ》

／山河けふはればれとある／氷かな／

取り合わせ。「はればれとある」で切れます。晴れわたる冬の山河。そこに「氷かな」とおくと、あちらこちらの水が凍って輝いているような、あるいは、大地が一枚の厚い氷になったような感じがします。ここの解釈は自由。これが取り合わせの妙です。

柚湯《ゆずゆ》

仲　冬至風呂《とうじぶろ》・柚風呂《ゆずぶろ》・冬至湯《とうじゆ》

冬至（十二月二十二、三日ごろ）が来れば、年の残りもわずか。香りのいい柚子を入れたお湯に入って一年の疲れを癒し、無病息災を祈る。

お風呂で季語になっているのは正月の初湯、端午の節句の菖蒲湯、冬至の柚湯。同じお風呂ですが、初湯はめでたく、菖蒲湯は潔く、柚湯は安らか。これがそれぞれの季語の本意です。

白々と女沈める柚子湯かな　日野草城《ひのそうじょう》

／白々と女沈める柚子湯かな／

一物仕立て。女性の白い体、柚子の黄色、揺れ動く透明なお湯、そして、すがすがしい檜の湯舟。色の調和がとれていて、幸福感がある。

頑丈に生んでくれたる柚子湯かな　仁尾正文《におまさふみ》

／頑丈に生んでくれたる／柚子湯かな／

取り合わせ。丈夫に生んでくれた両親に感謝しながら柚子湯に浸っているところ。

冬籠《ふゆごもり》
三　冬《ふゆ》ごもる・雪籠《ゆきごもり》

冬ごもりといえば、家に閉じこもり、ときには雪に埋もれて暮らすのですが、その閉ざされた小さな空間のうちに楽しい世界が広がっている。これが本意。

折《お》り〳〵に伊《い》吹《ぶき》を見てや冬籠　芭蕉

／折〳〵に伊吹を見てや冬籠／

句中の切れのある一物仕立て。芭蕉がある若い大垣藩士の家に招かれたときの句です。君の家からは伊吹山が見える。あの山を眺めながら冬ごもりするなんて、いいなあ。雪の伊吹を眺めるのも冬ごもりの楽しみの一つというのです。

金屏の松の古さよ冬籠り　芭蕉

／金屏の松の古さよ／冬籠り／

取り合わせ。松を描いた金屏風のある旧家の冬ごもり。ここにも冬ごもりの楽しみがある。

桃《とう》源《げん》の路《ろ》次《じ》の細さよ冬ごもり　蕪《ぶ》村《そん》

／桃源の路次の細さよ／冬ごもり／

取り合わせ。冬ごもりしている蕪村の心の中に桃源郷があって、小道がどこまでも続いているというのです。桃の花盛りの桃源郷です。まるで冬籠という季語の世界を一幅の絵にしたような句です。

一壺《いっこ》の中にこそ広大な宇宙が広がっている。そんな冬ごもりの句を蕪村はしばしば詠んでいます。次の句もそうです。

冬ごもり心の奥のよしの山　　蕪村
／冬ごもり／心の奥のよしの山／

取り合わせ。京の町中のわが家に冬ごもりしている蕪村の心の奥には花盛りの吉野山が広がっているというのです。

芭蕉の句も蕪村の句も、それぞれ冬ごもりの楽しい夢を描いているのです。冬ごもりを辛く淋しいものと思っていたのでは、このような句は詠めません。

埋火《うずみび》

三　いけ火《び》・いけ炭《ずみ》

燃ゆるともなく消ゆるともなく。これが埋火の本意。

埋火や終《つい》には煮ゆる鍋のもの　蕪村

／埋火や／終には煮ゆる鍋のもの／

句中の切れのある一物仕立て。埋火に鍋をかけていたことも忘れたころ、ようやく鍋が煮立ってきた。冬ごもりとは心楽しいもの。その冬ごもりの楽しみの極みは埋火にあります。

火を埋むこころ埋むるごとくせり　橋本鶏二《はしもとけいじ》

／火を埋む／こころ埋むるごとくせり／

句中の切れのある一物仕立て。まるで心を灰に埋めるように、火を灰に埋めている。心静かな句です。

焚火《たきび》

三　朝焚火《あさたきび》・夕焚火《ゆうたきび》・柴焚《しばたき》・落葉焚《おちばたき》・焚火跡《たきびあと》・夜焚火《よたきび》

火にまつわる一連の冬の季語があります。薪、榾《ほた》、炭、炉、火鉢、炬燵《こたつ》、焚火など。どれも暖かであることが基本的な本意です。

だいたいは屋内の暖房にかかわるものですが、焚火だけは屋外。大空のもと、大地の上で焚く火。ここから焚火ならではの特徴が生まれます。その特徴を生かして、焚火の句は焚火らしく詠みたい。

とつぷりと後ろ暮れゐし焚火かな　松本たかし
／とつぷりと後ろ暮れゐし／焚火かな／

取り合わせ。焚火に当たっているうちに、すっかり日が暮れて、振り返ると、いつの間にか自分の後ろに夜の闇が垂れこめているというのです。「後ろ」は焚火に当たっている自分の後ろ。あかあかと燃える火とその火を包む闇。火と闇の間に立つ人間の前面は火に照らされていますが、背後は闇に塗りこめられている。レンブラントの絵のようなドラマチックな明暗の句です。

仮に「後ろ」を自分の後ろではなく、焚火の後ろととれば一物仕立ての句となりますが、ただ焚火の向こうがとっぷりと暮れてしまったという意味になります。この解釈では火と闇の間にいる人の姿が消えてしまって、おもしろみが半減。

焚火から焚火へ移る火の女神
／焚火から焚火へ移る火の女神／
春日愚良子《かすがぐらし》

一物仕立て。次々に燃え上がる焚火。それを焚火から焚火へ火の女神が移るかのようだといった。火の女神という目に見えない存在を目に見えるように描いています。

狐《きつね》

㊂ 赤狐《あかぎつね》・黒狐《くろぎつね》・銀狐《ぎんぎつね》・白狐《しろぎつね》・十字狐《じゅうじぎつね》・北極狐《ほっきょくぎつね》・高麗狐《こうらいぎつね》・千島狐《ちしまぎつね》・北狐《きたきつね》・寒狐《かんぎつね》・狐塚《きつねづか》

野山に生息する動物たちは狩（冬）の獲物として冬の季語になっています。そのうち、狐は稲荷神（五穀を司る宇賀御魂命《うかのみたまのみこと》）の使いとされる霊的な動物です。これが本意。

雪の中珠や埋め去る狐かな
／雪の中／珠や埋め去る狐かな／
久米三汀《くめさんてい》

句中の切れのある一物仕立て。「雪の中珠や」は「雪の中珠を」と同じ。この「や」は切字ではなく、言葉にリズムをつけるための「や」です。むしろ「雪の中」で切れる。稲荷神の使いである狐は宝珠を守っていますが、この宝珠を雪の中に隠して立ち去るところ。

雌狐の尾が雄狐の首を抱く　　橋本鶏二

／雌狐の尾が雄狐の首を抱く／

一物仕立て。巣穴の中で眠る夫婦の狐。この雌狐は雄狐が好きで好きでたまらないといったようす。

河豚《ふぐ》

三　ふく・鰒《ふぐ》・真河豚《まふぐ》・赤目河豚《あかめふぐ》・虎河豚《とらふぐ》・針千本《はりせんぼん》・箱河豚《はこふぐ》・河豚提灯《ふぐちょうちん》・鯧魚《しょうさいふぐ》・胡麻河豚《ごまふぐ》・草河豚《くさふぐ》・金河豚《きんふぐ》・海雀《うみすずめ》・糸巻河豚《いとまきふぐ》・ふくと・河豚《ふぐ》の毒《どく》・河豚中《ふぐあた》り

毒に当たるのは恐いけれども食べたい。危険と裏腹の美味。これが河豚（鰒）の本意です。

鰒喰うて其の後雪の降りにけり　　鬼貫

／鰒喰うて其の後雪の降りにけり／

一物仕立て。河豚を食べたあと、雪が降ったというだけのさらりとした詠みぶり。淡白な河豚の味さながらの一句。

河豚宿は此許《ここ》よ〱と灯りをり
／河豚宿は此許よ〱と灯りをり／　阿波野青畝《あわのせいほ》

一物仕立て。寒い冬の夜、灯に誘われるように河豚屋の入り口にたどり着く。河豚好きの微笑の一句。

海鼠《なまこ》　㊂

生海鼠《なまこ》・赤海鼠《あかこ》・黒海鼠《くろこ》・虎海鼠《とらこ》・なしこ・ふじこ・海鼠煮《なまこに》る・海鼠竈《なまこがま》・このこ・海参《いりこ》・熬海鼠《いりこ》・海鼠突《なまこつき》・海鼠売《なまこうり》・海鼠舟《なまこぶね》・かいそ

気味悪くもあるが、おもしろい格好をしている。この味わい深い姿こそが海鼠の本意です。俳人に愛されて名句がいくつもあります。

生きながら一つに氷る海鼠かな　芭蕉

／生きながら一つに氷る海鼠かな／

一物仕立て。冷たい水の中にいる海鼠は生きたまま凍っているようだというのです。この句に描かれているのはたしかに一匹の海鼠ですが、ただ海鼠だけが詠まれているのではなく、芭蕉という人の生き方を偲ばせる。海鼠はこういう詠み方ができます。

尾頭のこころもとなき海鼠かな　去《きょ》来《らい》

／尾頭のこころもとなき海鼠かな／

一物仕立て。鯛や平目なら頭と尻尾は一目瞭然だが、海鼠はどっちがどっちかつまびらかでない。それをずばりといわないで、「こころもとなき」という鷹揚な言葉でほのめかした。この言い方がふっくらとしたふくらみを生んでいます。

憂きことを海月《くらげ》に語る海鼠かな　召《しょう》波《は》

／憂きことを海月に語る海鼠かな／

一物仕立て。古典文学で「憂きこと」といえば恋の悩み以外にありません。つまり、これはひそかに誰かに恋をしている海鼠の句。あの格好でと笑うことなかれ。海鼠にとっては深刻な悩みですから相談しているわけです。その相談相手がふわふわと海を漂う軽佻《けいちょう》浮薄な海月であるところがまたおもしろい。それぞれの役どころが、この句のみどころの一つです。

この句、海鼠の恋の相手が海月であると解釈することもできます。つまり、海鼠が海月に恋を打ち明けている。水の流れのままに漂う気楽な海月に対して、海鼠は海底をはいまわる身の上。海鼠にとって海月は高嶺の花です。そこで捨て身の告白に及んでいるわけですが、案外、純情さが海月の心に届くかもしれない。

どちらにしても、あの風貌の海鼠が恋をしたら、さぞ愉快だろうと召波は思ったはずです。

では、蕪村はどんな句を詠んでいるかとみると、蕪村という人はこのような季語になると、杓子定規な句を詠む。

思ふことといはぬさまなる生海鼠《なまこ》かな　　蕪　村

／思ふことといはぬさまなる生海鼠かな／

一物仕立て。この句は海鼠の姿を「思ふことといはぬさまなる」と説明しただけで「ただごと」に近い。兼好法師の『徒然草』にある「おぼしきこといはぬは腹ふくるるわざなれば…」（第十九段）を踏まえているわけですが、古典のあからさまな引用がかえってあだになっています。

同時代の召波の「憂きことを」の句と比べると、雲泥の差があります。誰にでも得手な季語、不得手な季語があるようです。

前《さき》の世もその前《さき》の世も海鼠かな
／前の世もその前の世も海鼠かな／　西嶋《にしじま》あさ子《こ》

一物仕立て。輪廻《りんね》転生というけれど、海鼠は前世もそのまた前世も海鼠だった。ものぐさな風貌の海鼠だからこそ、そんな感じがする。俳人なら海鼠の一句が欲しいものです。

帰《かえ》り花《ばな》

初　返《かえ》り花《ばな》・帰咲《かえりざき》・二度咲《にどざき》・忘花《わすればな》・忘咲《わすれざき》・狂花《くるいばな》・狂咲《くるいざき》

小春日和に誘われて咲く季節はずれの花が帰り花。万物が枯れ急ぐ天地のそこだけがぽっと明るんでいるような感じ。これが本意です。

凩に匂ひやつけし帰花　芭蕉

／凩に匂ひやつけし／帰花／

句中の切れのある一物仕立て。「匂ひや」の「や」は問いかけの「や」で、ここで切れるわけではありません。むしろ、「つけし」のあとで切れる。凩に匂いをつけたみたいだね、帰り花は、というのです。

古典文学では「匂ひ」は色のことが多いのですが、ここは香りのこと。色ととると、帰り花が凩を染めることになって、大袈裟なわざとらしい句になります。目に見えない香りをそっとつけるところがいい。凩の香りなんて、なかなか斬新。

この句には、凩と帰り花という二つの季語があって季重なりの句ですが、季語が二つあっても調和していれば何の問題もありません。この句は帰り花が一句の主題、すなわち季題ですから帰り花の句です。

約束のごとくに二つ返り花　倉田《くらた》紘文《こうぶん》

／約束のごとくに二つ／返り花／

句中の切れのある一物仕立て。この句は帰り花が約束したように二つ咲いているというのです。この「返り花」にはそっと置いた感じがあります。

帰り花という季語は、このそっと添える感じが大事です。なぜなら、帰り花はそっと咲くからです。自然の姿をこわさないよう、そのまま写してやればいい。

山茶花《さざんか》

初　茶梅《さざんか》・ひめつばき

山茶花は冬の初めを彩る花。はらはらとこぼれるように散る。これが本意です。

山茶花や落花かゝりて花盛　　鈴木花蓑《すずきはなみの》

／山茶花や／落花かゝりて花盛／

句中の切れのある一物仕立て。花盛りの山茶花に山茶花の花びらが散りかかっている。山茶花の散りやすさを詠んでいます。

山茶花やいくさに敗れたる国の　日野草城

／山茶花や／いくさに敗れたる国の／

句中の切れのある一物仕立て。戦争があったことも敗れたことも知らない花の姿がまことにあわれ。

落葉《おちば》

三　名《な》の木《き》落葉《おちば》・落葉《おちば》の雨《あめ》・落葉《おちば》の時雨《しぐれ》・落葉《らくよう》・落葉時《おちばどき》・落葉期《らくようき》・落葉風《おちばかぜ》・落葉《おちば》山《やま》・落葉《おちば》掃《は》く・落葉《おちば》掻《か》く・落葉《おちば》籠《かご》・落葉《おちば》焚《た》く・落葉《おちば》焼《や》く

舞い落ちる葉も散り敷いた葉も落葉。どちらも静かな感じがします。この静かさが本意。風に吹かれてかすかな音でも立てれば、なおさらです。

手ざはりも紙子の音の落葉かな　許《きょ》六《りく》

／手ざはりも紙子の音の落葉かな／

一物仕立て。落葉は手触りも音も紙子そっくりというのです。かさこそと音が聞こえてきそうな句です。紙子とは紙で仕立てた羽織のような着物。

むさしのの空真青なる落葉かな　水原秋桜子《みずはらしゅうおうし》

／むさしのの空真青なる／落葉かな／

取り合わせ。関東らしく青々と晴れた冬の空。その青空の下を、落葉を踏みながら歩いているところ。

水仙《すいせん》

晩　水仙花《すいせんか》・雪中花《せっちゅうか》・野水仙《のずいせん》

水仙は寒に耐え、春を待つ花。春に入っても咲き続けますが、春の花と勘違いして詠むと、その冷ややかな感じが失われます。水仙は冬の終わりの花として、冷ややかな感じをそこなわないように詠みたい。このひやりとした感じが水仙の命であり、水仙の本意です。

清浄な葉のいきほひや水仙花　涼《りょう》菟《と》

／清浄な葉のいきほひや／水仙花／

句中の切れのある一物仕立て。青々としてひやひやする水仙の葉っぱの感じをよくとらえています。

水仙に日のあたるこそさむげなれ　大江丸《おおえまる》

／水仙に日のあたるこそさむげなれ／

一物仕立て。水仙の花は日が差してもかえって寒そうにみえるというのです。

水仙や古鏡の如く花をかかぐ　松本たかし

／水仙や／古鏡の如く花をかかぐ／

句中の切れのある一物仕立て。水仙の花を古い金属の鏡にたとえています。六弁の水仙の花の姿に、冷ややかに曇る鏡の面やその裏に刻まれた花のような模様を思い合わせたのです。

第五章

新年詠はめでたく詠む——暮と新年の季語

新年詠はめでたく詠む

新しい年の抱負を俳句に詠みたい。新春の一句を年賀状にさらさらと書いてみたい。俳句をはじめた人のなかにはそう思う人も多いはずです。この新しい年の初めに詠む俳句が新春詠です。

新春詠は四季折々に詠まれる俳句のなかでもっとも重要なものです。というのは、年頭に当たって新しい年がいい年であるように、人々が幸せに暮らせるようにとことほぐ（寿ぐ、言祝ぐ）役目があるからです。

新春早々の新聞や雑誌の新年号に新春詠が載るのはこのためです。また、句集を編むとき、新年のいい句があると句集全体が引き立つ。その意味でも新春詠はおろそかにできません。

「ことほぐ」とは言葉で祝う、祝言を述べることです。新春詠を詠むときは、このことほぐということ、新年への祝意を忘れてはなりません。

では、どうしたら新春詠が詠めるかといえば、まず大らかにめでたく詠む。裏を返せば、不吉な句や陰気な句は新春詠とはいえません。もちろん、新春詠は新年の季語とはかぎらず、雪のような冬の季語や東風のような春の季語を使うこともできますが、この場合でも新年をことほぐ、めでたく詠むことが大事です。

世の中はめでたいことばかりではないと思うかもしれません。たしかに地震や水害のような天災もあれば戦争もある。一人一人の人生も楽しいことばかりではなく、悲しいこともたくさんあります。人と別れたり、病気をしたり。そして、最後は自分自身も死ななくてはならない。考えてみれば、喜びより苦しみが多いのが人生です。

新春詠はこうした苦しみ多い人の世の姿を十分わかったうえで、それでもめでたく詠むものです。和歌、俳諧の昔から新春詠はこうして詠まれてきました。逆に悲惨な現実を知らずに、あるいは、そこから目をそらして詠むのはただ「おめでたい」だけです。

このことほぐということが新年という季節の本意でもあります。初空、松の内、七種《ななくさ》など、新年の季語はすべてこの新年の本意のうえに成り立っています。

暮と新年の季語

今の歳時記はたいてい春夏秋冬と新年の五部に分かれています。しかし、昔は春夏秋冬の四部でした。なぜ、近代以降、歳時記に新年の部が立てられることになったのか。これは次のような理由からです。

旧暦時代の正月は立春（太陽暦二月四日ごろ）前後にめぐってきました。このため、正月はまさに初春でした。ところが、明治になって太陽暦に切り替わると、正月は一か月ほど早くなりました。立春の一か月も前ですからまだ冬の最中です。

ここで歳時記の編者にとって厄介な問題が起こります。それは今まで春に入れていた新年の季語をどうするかという問題です。正月は冬の最中にめぐってくるのですから、今までどおり春とするわけにはゆきません。かといって、初日、七種、春着などの新年の季語を冬に分類するのにはやはり抵抗があります。というのは、古くから春の季語として使われてきたこれら新年の季語には春の気分が染みこんでいるからです。

そこで新年の季語を旧来の春の部から独立させ、一まとめにして新年の部を立てたというわけです。こうして実際は冬なのに気分は春という新年の部が歳時記に誕生することになったのです。

これはなかなかうまい対応の仕方でした。そのおかげで、新年の季語を冬の季語とする最悪の事態をまぬがれ、冬の最中に今までどおり春の気分で新年の季語を使うことができるようになったのです。

めでたく一件落着といいたいところですが、ここに落とし穴がありました。それは正月の準備（年迎え）にかかわる暮の季語が冬の部に残されてしまったことです。しかも暮の季語は従来、晩冬（旧暦十二月、新暦一月）に置かれていたのですが、正月がひと月早くなったのに伴って仲冬（新暦十二月）に移ることになりました。

このため、従来は暮と新年の季語は晩冬→初春とつづいていたのですが、近代の歳時記では除夜の鐘は冬の部の仲冬に、元旦は新年の部にというふうに、暮と新年の季語が分断されてしまったのです。

なぜ、こんなことになったかというと、新暦の採用によって新年の季語が冬の季語になるのは許せないけれども、暮の季語が晩冬から仲冬へ移るのは同じ冬の部の中での移動だから、ま、いいかということだったにちがいありません。

ほんとうなら、暮の季語も新年の季語と一緒にして歳時記に「暮・新年の部」を立てておけばよかったのですが、冬の部に置き忘れてきたことによって暮から新年への時の流れ、それに伴う人々の動きが途中で断ち切られ、一連の流れとしてとらえることが難しくなりました。

餅は正月の聖なる食べ物ですが、歳時記では仲冬（十二月）に分類しています。餅を搗くのが暮のうちのことですから、こうなっているのですが、この結果、正月の季語であるはずの「餅焼く」も餅の傍題として仲冬の季語になっています。

また、水餅は正月の餅のあまりを保存のために水に漬けておくものですから、正月にかかわる季語なのですが、これは晩冬（一月）の季語になっています。

【冬の部】

・仲冬（十二月）＝餅搗、餅筵、餅配、餅、餅焼く、黴餅

・晩冬（一月）＝霰餅、欠餅、水餅、寒餅、氷餅

【新年の部】

・新年（一月）＝鏡餅、若餅、餅間《もちあわい》、粥柱

こんなことをしないで歳時記に「暮・新年の部」を立て、餅にかかわる季語はすべてここにまとめておけばいい。つまり、こうなります。

【暮・新年の部】

・暮（十二月）＝餅搗、餅筵、餅配

・新年（一月）＝餅、餅焼く、黴餅、鏡餅、若餅、餅間、粥柱、霰餅、欠餅、水餅、寒餅、氷餅

こうすれば、餅を搗き、餅を飾り、餅を食べ、餅を保存するという餅の一生が手に取るようにわかるはずです。残念ながら、今の歳時記はどれもそうなっていないので、歳時記を引く側で暮の季語は新年の季語と、新年の季語は暮の季語と結び合わせてとらえなければなりません。

歳時記の冬の部（仲冬）に入っている暮の季語は餅のほか、次のような季語があります。

・時候＝師走、年の暮、数へ日、行く年、大晦日、大年、年惜しむ、年越、年の夜

・生活＝年用意、年の市、羽子板市、飾売、煤掃、煤籠、松迎、門松立つ、歳暮、年忘、年守る

・行事＝除夜の鐘

二十四節気は季節の目安

日本の暦は明治になって、太陰太陽暦（旧暦）から太陽暦（新暦）に変わりました。これによって、日本人の季節感にかすかな、しかし、重大な変化が生じました。

旧暦時代、四季のめぐりは暦の月ではなく春分、夏至などの二十四節気を目安にしていました（197ページの図参照）。というのは、今も昔も季節は太陽の運行とともに移り変わるのに対して、旧暦の月は天体の月の満ち欠けに従っていました。ところが、太陽と月は別々に運行しているので、旧暦の月はしばしば季節とずれてしまうのです。このため、旧暦の月は季節の目安になりませんでした。

たとえば、弥生三月といっても桜の花咲く春たけなわとはかぎりません。芭蕉が『おくのほそ道』の旅に出たのは元禄二年三月二十七日ですが、太陽暦ではこの日は五月十六日。すでに初夏でした。

では、江戸時代の人々は何を目安にして季節を知ったかというと、それが二十四節気だったのです。二十四節気は太陽の黄道上の位置によって一年を二十四等分して割り出した区分点です。つまり、二十四節気は太陽暦から生まれたものなのです。旧暦時代から使わ

図2　二十四節気による季節の区分

	二十四節気		季節		太陽暦の月
○	立春	2月4日ごろ	春（三春）	初春	2月
	雨水	2月19日ごろ			
	啓蟄	3月6日ごろ		仲春	3月
○	春分	3月21日ごろ			
	清明	4月5日ごろ		晩春	4月
	穀雨	4月20日ごろ			
○	立夏	5月6日ごろ	夏（三夏）	初夏	5月
	小満	5月21日ごろ			
	芒種	6月6日ごろ		仲夏	6月
○	夏至	6月21日ごろ			
	小暑	7月7日ごろ		晩夏	7月
	大暑	7月23日ごろ			
○	立秋	8月8日ごろ	秋（三秋）	初秋	8月
	処暑	8月23日ごろ			
	白露	9月8日ごろ		仲秋	9月
○	秋分	9月23日ごろ			
	寒露	10月8日ごろ		晩秋	10月
	霜降	10月23日ごろ			
○	立冬	11月7日ごろ	冬（三冬）	初冬	11月
	小雪	11月22日ごろ			
	大雪	12月7日ごろ		仲冬	12月 暮
○	冬至	12月22日ごろ			
	小寒	1月5日ごろ		晩冬	1月 新年
	大寒	1月20日ごろ			

（表の左の○印は、二十四節気の基本となる「八節」）

れているので太陰暦（月の暦）と関係があると誤解している人が多いのですが、そうではありません。

太陰暦だけでは季節がわからないので、太陽の運行をもとに割り出した二十四節気を太陰暦に組みこんだ。これが旧暦です。旧暦を太陰太陽暦（太陰暦＋太陽暦）と呼ぶのはこのためです。

二十四節気の中で四季の目安とされたのは、次の四つです。日にちはどれも太陽暦です。

・立春（二月四日ごろ）
・立夏（五月六日ごろ）
・立秋（八月八日ごろ）
・立冬（十一月七日ごろ）

旧暦時代は、この四つを境にして春夏秋冬が定まりました。春は太陽暦の二、三、四月、夏は五、六、七月、秋は八、九、十月、冬は十一、十二、一月です。

これをみると、おもしろいことがわかります。たとえば、一年でもっとも寒い二月もすでに春でした。同じように快適な五月はすでに夏です。秋にはいちばん暑い八月が、冬には穏やかな十一月が入っています。

旧暦時代は四季それぞれの中で寒暖の大きな変化があったのです。寒いから冬かといえば、そうとはかぎらず、春のこともある。暑いから夏かといえば秋のこともある。「暑さ寒さも彼岸まで」というのはこのことです。暑さは秋の彼岸（二十四節気の秋分、九月二十三日ごろ）まで、寒さは春の彼岸（春分、三月二十一日ごろ）までつづく。

日本人の季節感は、実はこのような季節の区分の上で培われてきました。冬のような寒さがつづいているうちに立春を迎えれば春を感じ、夏のような暑さがつづいていても立秋を過ぎれば秋を感じる。寒さの中に春を探り、暑さの中の秋に驚く。

このようにして日本人は季節感を磨き、それを生活の中で生かすとともに、詩歌に詠んできたのです。俳句の季語も旧暦時代の季節の区分、それによって磨かれた繊細な季節感の上に成り立っています。

一口に暑さといっても、春は春暑し。夏は薄暑にはじまって、暑し、極暑、酷暑、猛暑、溽暑《じょくしょ》、蒸暑し、炎暑など。秋に入れば、残暑、秋暑。

寒さはさらに繊細です。秋には秋寒、そぞろ寒、漸寒《やや》、肌寒、うそ寒、朝寒、夜寒。冬は冷たし、底冷え、寒し、凍る、凍《し》む、凍《こご》ゆ、冱《い》つ、冴《さ》ゆ。春になれば、冴返る、余寒《よかん》、春寒、料峭《りょうしょう》。

ところが、明治になって太陽暦に変わると、皮肉なことに二十四節気の役割は小さくなってしまいました。太陽暦の月は年によって季節とずれることがない。暦の月によって季節がわかるからです。

そこで、また別の問題が生まれました。二十四節気が忘れられてしまったために、単純に暑い時期を夏、寒い時期を冬、その間の快適な時期を春、秋とするようになりました。現代人は、春は三、四、五月、夏は六、七、八月、秋は九、十、十一月、冬は十二、一、二月と思っています。旧暦時代の季節の区分からは、ひと月遅れています。そこで「暦の上では今日は立秋……」などというい方をするのです。

この結果、現代の日本人の季節感は平板になってしまったといわなくてはなりません。暑ければ夏、寒ければ冬と思っているのですから。

俳句をはじめたばかりの人がまず戸惑うのは、現代人の季節感と昔ながらの俳句の季節感のずれです。暑いのは夏のはずなのに残暑はなぜ秋の季語か。寒いのは冬のはずなのに朝寒や夜寒はなぜ秋の季語なのか。季語の本意がわかりにくくなっているのです。

日本人は繊細な季節感の持ち主であると外国からもいわれ、誇りにもしてきたのですが、そうばかりでもなくなってきました。

暮の季語の使い方

暮の季語すべてに共通する本意は正月を迎える用意ということです。

師走《しわす》

仲　晩　極月《ごくげつ》・臘月《ろうげつ》・春待月《はるまちづき》・梅初月《うめはつづき》・三冬月《みふゆづき》・弟子月《おとごづき》・親子月《おやこづき》・乙子月《おとごづき》

師走は一年最後の月です。新年を前にして、いつもは落ち着いている先生でさえ走り回るくらい誰もが忙しい。これが本意です。

旧暦時代の師走はほぼ晩冬に当たり、寒と重なりました。寒が明ければ春。そこで師走という季語には新年とともに春を待つ思いもありました。しかし、新暦では師走は仲冬です。立春は一か月も先なので、春を待つ感じはありません。その代わり、クリスマスの賑わいが新たに加わりました。

何に此の師走の市に行く烏　　芭蕉《ばしょう》

／何に此の師走の市に行く烏／

一物仕立て。なぜこのあわただしい師走の最中、町中へ出かけてゆこうとしているのだ、と自分を烏になぞらえて自問している。烏のように世捨て人も同然の身の上なのに、というのです。

酔李白師走の市《いち》に見たりけり　　几《き》董《とう》

／酔李白／師走の市に見たりけり／

句中の切れのある一物仕立て。師走の町で酔っ払いの李白《りはく》を見かけたよ、というのです。もちろんフィクション。唐の詩人、李白は大の酒好きでした。

さて、師走は十二月のことですが、十二月というより師走のほうがあわただしい。ままた、十二月を極月《ごくげつ》とも臘月《ろうげつ》ともいいますが、同じものをさしているのに言葉が変われば印象が変わる。ここが言葉のおもしろいところです。

極月の人々人々道にあり　　山口青邨《やまぐちせいそん》

／極月の人々人々／道にあり／

一物仕立てですが、「人々人々」のあとに小さな句中の切れがあります。極月は文字どおり一年の極み、いよいよ先がない。街頭にあふれる人々も、どことなく追い詰められているような感じがします。

数《かぞ》へ日《えび》 仲

年の内の残り少ない日数を惜しむ思いが本意です。安易に使われがちな季語の一つです。本意をよく考えて慎重に使ってください。

数へ日となりたるおでん煮ゆるかな　久保田万太郎《くぼたまんたろう》

／数へ日となりたる／おでん煮ゆるかな／

取り合わせ。「数へ日となりたる」が連体形なので「数へ日となりたるおでん」とつづけて読んでしまいますが、「数へ日となりたる」で切れます。あわただしい年の瀬の夜、おでん鍋を囲んでわずかとなった年内の日々を惜しんでいるところ。

数へ日や鋸引きの大鮪　鈴木真砂女《すずきまさじょ》

／数へ日や／鋸引きの大鮪／

取り合わせ。正月のご馳走となる大きな鮪《まぐろ》が豪勢にも鋸で挽かれている。それを眺めつつ、今年も残り少なくなったなあというのです。銀座に小料理屋を出していた真砂女は毎朝、築地の魚市場へ仕入れに通っていました。

年《とし》の市《いち》

仲 破魔矢売《はまやうり》・節季市《せっきいち》・暮市《くれいち》・師走の市《しわすのいち》・暮の市《くれのいち》

年の市が立つと、今年もいよいよわずかという感じがする。これが本意。

雪の日をおされて見ばや年の市　丈《じょう》草《そう》

／雪の日をおされて見ばや／年の市／

句中の切れのある一物仕立て。雪の降る日は年用意の人々でにぎわう年の市でも見にゆきたい。

「おされて」とありますが、年の市は昔から混み合ったようで年の市の句には「押し合ふ」という言葉がよく使われます。

押合を見物するや年の市　曾《そ》良《ら》

／押合を見物するや／年の市／

句中の切れのある一物仕立て。これはあまりの混みように年の市を見物するどころか、押し合いへし合いする人々を眺めているばかりというのです。

水仙の香も押し合ふや年の市　千《ち》代《よ》

／水仙の香も押し合ふや／年の市／

句中の切れのある一物仕立て。年の市で水仙の香りも押し合っているようだというのです。旧暦の暮は今の一月末。ちょうど水仙の咲き香るころ。

煤《すす》掃《はき》

仲　煤払《すすはらい》・加年払《かにばらい》・年《とし》の煤《すす》・煤竹《すすだけ》・煤竹売《すすだけうり》・煤納《すすおさめ》・煤《すす》の日《ひ》・煤見舞《すすみま》い・煤《すす》おろし・煤日和《すすびより》・煤《すす》の餅《もち》

一年の間に降り積もった煤を払う清々しい心。これが本意。

一函の皿あやまつやすす払ひ　召《しょう》波《は》

／一函の皿あやまつや／すす払ひ／

句中の切れのある一物仕立て。滔々《とうとう》と過ぎてゆく歳末の時の流れに取り落としてしまった一箱の大事な皿。残念無念の思いとともに、暮のあわただしさが描かれています。

老夫婦鼻つき合せ煤ごもり　鈴木花蓑《すずきはなみの》

／老夫婦鼻つき合せ／煤ごもり／

句中の切れのある一物仕立て。「老夫婦」のあとにも切れがありますが、老夫婦が主語であることを示す助詞の「は」を省いただけの小さな切れです。

煤払のとき、老人や子どもが舞いあがる煤を避けて一室にこもるのが煤籠。外へ避難するのは煤逃。どちらもおもしろい季語です。

門松《かどまつ》立《た》つ

仲　門松《かどまつ》の営《いとなみ》・宵飾《よいかざり》・松飾《まつかざ》る

松は神の依代《よりしろ》。それを門に立てる厳粛な思いが本意です。

松飾るまつにいさんで雪ぞ降る　土《ど》芳《ほう》

／松飾る／まつにいさんで雪ぞ降る／

句中の切れのある一物仕立て。立てたばかりの門松に降りはじめた雪。まことに清々しい。

とかくして松一対のあしたかな　移《い》竹《ちく》

／とかくして松一対のあしたかな／

一物仕立て。大晦日の一夜が明け、元旦を迎えた門松です。「とかくして」に、まあ、年内はいろいろあったけれど、とあわただしい年の瀬を顧みる思いがあります。めでたい新年の句です。

除《じょ》夜《や》の鐘《かね》

仲 百八《ひゃくはち》の鐘《かね》

大晦日の夜に撞く除夜の鐘。心静かに年を送る思いが、この季語の本意です。

除 夜 の 鐘 撞 き に 来 て ゐ る 鳥 羽 の 僧　高浜年尾《たかはまとしお》

／除夜の鐘／撞きに来てゐる鳥羽の僧／

一物仕立てですが、「除夜の鐘」のあとに小さな句中の切れがあります。京都の南、鳥羽のある寺から坊さんが除夜の鐘を撞きにきているというだけのことですが、静かな趣があります。

百 方 に 餓 鬼 う づ く ま る 除 夜 の 鐘　石田波郷《いしだはきょう》

／百方に餓鬼うづくまる／除夜の鐘／

取り合わせ。戦争で焼け野が原になった東京。餓鬼のような人々も今夜は焦土のあちこちにうずくまって除夜の鐘に耳を傾けている。

新年の季語の使い方

（季語見出しの下の［上］［中］［下］［全］は、それぞれ「上旬」「中旬」「下旬」「三旬」の略号とした）

初春《はつはる》

［全］明《あけ》の春《はる》・今朝《けさ》の春《はる》・千代《ちよ》の春《はる》・四方《よも》の春《はる》・花《はな》の春《はる》・老《おい》の春《はる》・玉《たま》の春《はる》・新春《しんしゅん》・迎春《げいしゅん》

初春という言葉は「ショシュン」と音読みすれば、春の初めの意味になります。初春、仲春、晩春というときの初春です。ところが、「はつはる」と訓読みすれば、新しい一年の初めの意味になります。「初春の慶び」などというときの初春です。

なぜ初春という一つの言葉に二つの異なる意味があるかというと、日本の古い暦、旧暦では春の初めと年の初めがほぼ同時にめぐってきたからです。今の太陽暦では二月二、三日ごろが立春ですが、立春前後の新月の日が旧暦の年の初め、元日でした。そこで春の初めは年の初めでもあったわけです。

ところが、明治になって太陽暦に替わると、新年は立春よりひと月も早くめぐってくるようになりました。春の初めと年の初めが分かれてしまったわけです。この現実の変化にしたがって、初春という言葉も「ショシュン」と「はつはる」に分かれました。

このうち、新年の季語になっているのは年の初めの初春（はつはる）のほうです。しかし、この初春という季語のなかには「春」という字が入っています。このため、太陽暦になってからは初春という季語から春の初めという実体が失われてしまったのに、この季語には今も昔のように春の初めを寿ぐ気持ちが入っています。これが初春の本意です。

初春という季語の傍題である明《あけ》の春、今朝の春、千代の春、花の春、玉の春、新春、迎春、四方《よも》の春などについても同じことが当てはまります。花の春といっても年の初めのことですが、同時に春の初めを寿いでいるわけです。

このことは初春にかぎらず、新年の季語すべてについていえることです。若菜など、いかにも春らしい季語は明らかにそうです。初富士、初湯、鏡餅など、一見、春とかかわりなさそうな季語も、年の初めとともに春の初めを寿ぐ言葉なのです。新年の季語を使う場合、ここが大事なところです。

では、初春の句について。

薦《こも》を着て誰人います花のはる　芭蕉

／薦を着て誰人います／花のはる／

取り合わせ。芭蕉が『おくのほそ道』の旅の翌年、近江の膳所《ぜぜ》で年を越したときの句です。初春の大道で薦を着ている人よ、もしや有徳の人ではありませんかと物乞いに尋ねているのです。物乞いという人の世のあわれな世過ぎを「花の春」という季語の力を借りてめでたいものに転じています。

袖口に日の色うれし今朝の春　　樗《ちょ》良《ら》

／袖口に日の色うれし／今朝の春／

取り合わせ。新しい年を迎えて、袖口にさす春の光もうれしい。新年と春が一度にめぐってきた旧暦時代の初春です。

目出度さもちう位なりおらが春　　一《いっ》茶《さ》

／目出度さもちう位なり／おらが春／

句中の切れのある一物仕立て。私の初春は、ま、いろいろあって目出度さも中くらいというのです。今朝の春、花の春などにならって「おらが春」という言葉を作ったところが一茶らしい。

草の戸にひとり男や花の春　　村上《むらかみ》鬼城《きじょう》

／草 の 戸 に ひ と り 男 や ／ 花 の 春／

取り合わせ。わびしい男の一人暮らしを「花の春」という季語で、めでたいものに転じています。芭蕉の「薦を着て」の句と同じ作りの句です。

俳句の初心者は「草の戸にひとり男や」とくると、「虎落笛《もがりぶえ》」「冴返る」など、寒々とした季語をおきたがります。わびしいものにはわびしいものを、と考えるからです。しかし、これでは似たもの同士を並べただけで「草の戸にひとり男や」のあとのせっかくの切れがだいなしになってしまいます。「草の戸にひとり男や」だから「虎落笛」なのだな、「冴返る」なのだなと理屈で読まれるからです。こういう句を「付きすぎ」といいます。

「草の戸にひとり男や」とはむしろ反対の「花の春」という華やかな季語をおくからこそ、両者の間の切れがいきいきと働く。異質なものを並べるからこそ取り合わせなのです。同じもの、似たものを並べたのでは二つの間の切れが鈍り、「間《ま》」が生まれません。

去年今年《こぞことし》 上

年が改まると、今までの年がたちまち去年になり、新しい年が今年になる。年の変わり目を渡り終えて去年を振り返り、今年を眺める。これが去年今年という季語の本意です。年の移り変わりの速やかさ、時の流れの速さをいうのです。「去年と今年」あるいは「去年も今年も」というふうに去年と今年をただ並べたものではありません。

若水や流るるうちに去年ことし　千代

／若水や／流るるうちに去年ことし／

句中の切れのある一物仕立て。意味は「若水は流るるうちに去年ことし」ということです。若水が流れてゆくうちに年が改まる、その速さをいっているのです。

去年今年貫く棒の如きもの　高浜虚子《たかはまきょし》

／去年今年／貫く棒の如きもの／

これも句中の切れのある一物仕立て。あっという間に去年が今年に改まってしまったけれども、そこには貫いている棒のような何かがあるというのです。

一句の意味は去年から今年へ貫く棒のようなものがあるということですが、「去年今年を」といわず、ここで一度、切って「間」を入れた。この切れ＝間によって、去年今年という言葉が散文的な説明の言葉ではなく、速やかな年の移り変わりをいう季語として生かされています。

初《はつ》空《ぞら》

上 初《はつ》御《み》空《そら》

元日に仰ぐ空が初空。昨日の空ととりたてて変わったところもないのですが、年が改まったと思えば、めでたい感じがする。これが本意。晴ればかりでなく、雨も曇りも雪が降っていることもありますが、ただ初空といえば晴れやかな青空を思い浮かべます。

はつ空や寝まきながらに生れけり　素《そ》堂《どう》
／はつ空や／寝まきながらに生れけり／

取り合わせ。「寝まきながらに生れけり」とは元旦の寝起きの自分の姿。新しい年を迎えて生まれ変わったような気分。ただ、赤ん坊は裸で生まれてくるが、自分は寝巻を着たまま、とおどけているのです。

初空や大悪人虚子の頭上に　　高浜虚子

／初空や／大悪人虚子の頭上に／

　句中の切れのある一物仕立て。意味は「初空は大悪人虚子の頭上に」と同じです。ところが、「初空や」としてここで切ると、初空が広々と広がっている感じに変わる。初空が大悪人虚子の頭上にあるというただの説明ではなく、大悪人虚子の頭上に初空がどこまでも広がっている感じがする。「初空は」といえば初空は散文の一語にすぎませんが、ここで切ることによって季語として生きるからです。

　素堂の句は初空と自分の姿の取り合わせ。それに対して、この虚子の句は初空の下の自分の姿を描く一物仕立てです。素堂の句は「はつ空や」と「寝まきながらに生れけり」をぽんぽんとおいただけですが、虚子の句は「頭上に」といって自分の姿と初空を結びつけた。「頭上に」のような結ぶ言葉を入れるかどうかで、取り合わせか一物仕立てかに分かれるということです。どちらも俳句にとって大事な型ですから、場面に応じて詠み分けてください。

初空といふ大いなるものの下　　大峯《おおみね》あきら

／初空といふ大いなるものの下／

一物仕立て。この句は素堂の句や虚子の句の「初空や」という季語の部分だけを拡大した形をとっています。いいかえると、素堂の句の「寝まきながらに生れけり」や虚子の句の「大悪人虚子の頭上に」をとりはずしてしまった形の句です。

では、とりはずされた自分の姿はどこへいったかというと、「大いなるものの下」というとおり、初空の下、この句の外にあります。

このような句を読む場合、言葉でいわれていることだけでなく、言葉でいわれていないことを想像してください。するとそこに、この句の作者も寝巻姿の素堂も大悪人の虚子も、さらには人間世界全体が見えてくるはずです。

白山の初空にしてまさをなり　　飴山《あめやま》　實《みのる》

／白山の初空にしてまさをなり／

一物仕立て。白山の初空を詠んでいます。北国の正月には珍しく雲の絶え間に青空がのぞいている。雪山の白と青空の淡い青の色合いが美しい。「まさをなり」というところに春を待つ心も感じられます。

この句は大峯あきらの句と同じく一物仕立てですが、人間界の存在を暗示するのではなく、初空だけを詠んだ一句言い切りの句です。

初富士《はつふじ》 上

元日に仰ぎ見る富士山が初富士。昨日と同じ富士山であっても正月と思えばめでたい。これが本意です。

とくに江戸では京の都に対して富士山が見えることを誇りにし、元日に初富士を拝むことを生き甲斐にしていました。そこで初富士というと今も江戸っ子の心意気が宿っているような気がします。もちろん江戸以外のどこで詠んでも構いません。

初富士やさかさにかかる梯子《はしご》乗《のり》　吉田冬葉《よしだとうよう》

／初富士や／さかさにかかる梯子乗／

取り合わせ。正月の消防の出初式《でぞめしき》です。まっすぐに立てた梯子の先に今、人が逆さにぶらさがっている。そのはるか彼方に真っ白な富士山が見える。同じ景色の中の遠景と近景を取り合わせているわけです。浮世絵にでもありそうな構図です。

初富士を隠さうべしや深庇《ふかびさし》　阿波野青畝《あわのせいほ》

／初富士を隠さうべしや／深庇／

句中の切れのある一物仕立て。深庇よ、お前が邪魔をするからせっかくの初富士が見えないじゃないか。初富士を隠していいものかどうか、いや、いいはずがない、と深庇を責めている。

『万葉集』にある額田王《ぬかたのおおきみ》の歌「三輪《みわ》山を然《しか》も隠すか雲だにも心あらなも隠さふべしや」を本歌にして、その口調をまねています。「雲だにも心あらなも」は、たとえ雲であっても心があってほしい。この句は、深庇よ、めでたい初富士を隠さないくらいの心があってほしいというのです。

初富士はめでたいもの、誰もが拝みたいものという本意の上に立ってはじめて「隠さうべしや」という問いかけが生きてきます。

蓬萊《ほうらい》

[上] 蓬萊飾《ほうらいかざり》・蓬萊山《ほうらいさん》・懸蓬萊《かけほうらい》・組蓬萊《くみほうらい》・包蓬萊《つつみほうらい》・蓬萊台《ほうらいだい》・蓬萊盆《ほうらいぼん》

蓬萊は正月の飾り物。素木の三方《さんぼう》の上にめでたい縁起物を飾りつけたものです。その蓬萊という名はもともと中国の東の海に浮かんでいるという仙人の島の名前でした。正月飾を蓬萊と呼ぶのは、この蓬萊島（蓬萊山）になぞらえているのです。

そこで蓬萊という季語の本意は第一にはめでたい飾り物ですが、それには蓬萊島の面影が重なります。物と幻、二つが重なり合ったおもしろい季語なのです。

蓬萊の句を詠む場合、現実と空想の世界を自由に行き来することができます。一方、蓬萊の句を鑑賞する場合は蓬萊飾と蓬萊島という二つの蓬萊が重なっていることに気をつけてください。

蓬萊に聞かばや伊勢の初便　　芭蕉

／蓬萊に聞かばや／伊勢の初便／

句中の切れのある一物仕立て。元禄七年（一六九四年）の芭蕉の歳旦吟、今の新春詠です。この年、芭蕉は江戸で新年を迎えました。「伊勢の初便」とありますが、伊勢は東の海から初日が昇る国。太陽神の天照大神をまつる伊勢神宮があります。蓬萊飾を前にして、めでたい伊勢からの初便りを聞きたいものだというのです。この句の蓬萊は蓬萊飾そのもののようですが、やはり蓬萊島の面影が重なっています。

芭蕉にとって、この元禄七年という年は決していい年ではありませんでした。芭蕉の新風「かるみ」をめぐって蕉門は動揺していたし、健康も万全ではなかった。この年の冬、芭蕉は大坂で亡くなります。

そうしたことを背景において読むと、芭蕉がこの新春詠にかけた願いがわかります。いろいろな問題を抱えていても、悲しい、つらい、苦しいとは詠まない。伊勢からのめでたい初便りを聞きたいと詠むのです。

俳諧は悲惨な人生の上に立ってめでたく詠む。これこそ芭蕉のいう「かるみ」でした。それはとくに新春詠において大事なことです。

ほうらいの山まつりせむ老の春　　蕪《ぶ》村《そん》

／ほうらいの山まつりせむ／老の春／

取り合わせ。蕪村が還暦を迎えた年の歳旦吟、今の新春詠です。「ほうらいの山まつりせむ」は蓬萊飾を供えようということですが、蕪村はここに蓬萊山のお祭をしようという意味合いを重ねています。めでたく還暦を迎えた自分へのお祝いの一句。蓬萊山の仙人にあやかっていよいよ長寿でありますように。

蓬萊のうへにやいます親二人　　青《せい》蘿《ら》

／蓬萊のうへにやいます／親二人／

句中の切れのある一物仕立て。すでに世にない父と母の魂は蓬萊山の上で仲良く暮らしておいでだろうか。そう問いかけながら正月の蓬萊飾をのぞきこんでいる。ここでも床の間の蓬萊飾は海を漂う蓬萊島でもある。

雲ふかく蓬萊かざる山《さん》廬《ろ》かな　　飯《いい》田《だ》蛇《だ》笏《こつ》

／雲ふかく蓬萊かざる山廬かな／

一物仕立て。山廬の「廬」は庵の意味ですが、甲州境川にある蛇笏の住まいをこう呼びます。山の上なので雲に閉ざされることもある。そこで蓬萊を飾ると、まるで仙人の住む蓬萊山のようだというのです。

蓬莱や竹つたひくる山の水　宇佐美魚目《うさみぎょもく》

／蓬莱や／竹つたひくる山の水／

取り合わせ。この句の蓬莱は座敷に飾られた蓬莱飾。「竹つたひくる山の水」は外の庭の景色です。山の水が竹の筧《かけひ》を伝って流れてくる。

ここまでは目の前の風景ですが、この句は味わっているうちに、まるで蓬莱山にいるような気がしてきます。蓬莱山の中に筧が掛かっていて山奥から水を引いてある。その水は一口飲めば千年も寿命がのびるという仙人の水なのです。

どの句も蓬莱という季語の虚実二つの意味をよく生かしています。

屠蘇《とそ》

上　屠蘇《とそ》祝《いわ》う・屠蘇《とそ》酒《しゅ》・屠蘇《とそ》袋《ぶくろ》・屠蘇《とそ》の香《か》・屠蘇《とそ》の酔《よい》・屠蘇《とそ》延命散《えんめいさん》・屠蘇《とそ》散《さん》

屠蘇は新年にいただく香り高い薬酒。無病息災を祈るめでたくも厳かなものです。これが屠蘇の本意。

指につくとそも一日匂ひけり　梅室《ばいしつ》

／指 に つ く と そ も 一 日 匂 ひ け り／

一物仕立て。指についた屠蘇が一日匂っているというのです。元旦らしい気分があふれています。

三 輪 山 を 吸 ふ 心 持 屠 蘇 す す り　　阿波野青畝

／三 輪 山 を 吸 ふ 心 持／屠 蘇 す す り／

句中の切れのある一物仕立て。大和三山の一つ三輪山は酒の神様。屠蘇をすすると、三輪山をすする心地がするというのです。三輪山の木々のすがすがしい息吹きをするような感じがする。

屠 蘇 く む や 流 れ つ つ 血 は 蘇 へ る　　加藤楸邨《かとうしゅうそん》

／屠 蘇 く む や／流 れ つ つ 血 は 蘇 へ る／

句中の切れのある一物仕立て。意味は「屠蘇くむと流れつつ血は蘇へる」というのと同じです。体じゅうの古くなった血が屠蘇に清められて若返る。どこからか力が湧いてくるような句です。

雑煮《ぞうに》

[上] 雑煮祝《ぞうにいわ》う・羹《かん》を祝《いわ》う・雑煮餅《ぞうにもち》・雑煮膳《ぞうにぜん》・雑煮椀《ぞうにわん》

雑煮は新しい年の到来を祝う食べものです。これが雑煮という季語の本意です。

雑 煮 ぞ と 引 き お こ さ れ し 旅 寝 か な　　路《ろ》 通《つう》

一物仕立て。この句の切れの位置を／で示すとこうなります。

／雑 煮 ぞ と 引 き お こ さ れ し 旅 寝 か な／

句の前とあとだけに切れがあります。「雑煮ができました」と起こされた、思えば正月というのに家に落ち着きもせず、旅寝をしていることだなあというのです。旅の途上、ささやかな正月気分を味わっている。このように一つのことを詠むのが一物仕立てです。同じ一物仕立ての句でも、次のように句の途中に切れのある句もあります。これが「句中の切れのある一物仕立て」です。

三椀の雑煮かゆるや長者ぶり　　蕪村

／三椀の雑煮かゆるや／長者ぶり／

雑煮を三杯もお代わりして、さすが長者さま、というのです。正月らしいめでたい句です。

この句は句の前後のほか、「三椀の雑煮かゆるや」と「長者ぶり」の間に句中の切れがあります。意味は「三椀の雑煮をかゆる長者ぶり」というのと同じですが、これではただの説明です。そこで「雑煮かゆるや」としてここで切ると、「間」が生まれ、「三椀の雑煮かゆるや」も「長者ぶり」もいきいきしてくる。

揺らげる歯そのまま大事雑煮食ふ　　高浜虚子

／揺らげる歯そのまま大事／雑煮食ふ／

句中の切れのある一物仕立て。ぐらぐらしはじめて雑煮の餅などを食べるには気がかりな歯がある。その歯を労りながら雑煮をいただいているところです。

句の意味は「揺らげる歯そのまま大事に雑煮食ふ」ということですが、これでは説明しただけです。「そのまま大事」のあとの句中の切れ＝間が言葉を生かしているのです。このように切れ＝間には言葉を生かす働きがあります。

山々の高くぞありし雑煮かな　　石田勝彦《いしだかつひこ》

／山々の高くぞありし／雑煮かな／

「山々の高くぞありし」のあとに句中の切れがあります。句中の切れのある一物仕立てと同じ形ですが、一物仕立てではなく取り合わせの句です。句中の切れのある一物仕立ては一つのことを二つに分けていうのですが、この句は「山々の高くぞありし」と「雑煮」という二つのことを並べている。どちらも何の関係もなさそうにみえますが、こうして並べてみると、ある世界が現われる。これが取り合わせです。

この句は一椀の雑煮を前にして、高々とそびえる山々を思い浮かべているのです。どこかで仰いだ山々のようでもあり、芭蕉や西行のような古人を高い山々になぞらえているようでもある。

獅子舞《ししまい》

全　獅子頭《ししがしら》

獅子舞は新年を祝う門付けの一つ。真っ赤な獅子頭をいただく獅子が悪魔退散、無病息災を祈りながら愉快に舞います。これが本意。

獅子舞や大口明けて梅の花　一茶

／獅子舞や大口明けて／梅の花／

「獅子舞や大口明けて」と「梅の花」の取り合わせの句です。獅子が大きな口をぱくぱくさせて舞っているかたわらで、梅の花がぱっと開いている。景気のいい初春の句です。

この句は形の上では「獅子舞や」で切れますが、意味の上では「大口明けて」で切れます。「獅子舞の（は）大口明けて」というところを切字の「や」で切った。この「や」は句の調子を高めるために使われています。

「獅子舞や」のあとにも／を入れていいのですが、形式上の切れより意味上の切れが大事なので「大口明けて」のあとにだけ／を入れておきます。

あなたぬしあなおもしろと獅子跳ねて　阿波野青畝
／あなたぬしあなおもしろと獅子跳ねて／

一物仕立て。獅子が楽しげにおもしろげに舞いながら陶酔境に入っている。獅子頭をふりかぶり、胴を波打たせる獅子の姿を「あなたぬしあなおもしろ」という言葉で描き出しています。

春着《はるぎ》

全　春衣《はるぎ》・春著《はるぎ》・正月小袖《しょうがつこそで》・春小袖《はるこそで》・花小袖《はなこそで》・松《まつ》がさね・初重《はつがさ》ね・若草衣《わかくさごろも》・初衣裳《はついしょう》

春着は正月の晴れ着。「春」という字が入っているのは、正月が春の初めでもあった旧暦時代のなごりです。女性とかぎるわけではありませんが、女性の晴れ着であることがほとんど。春着をまとう女性たちは年齢もさまざま、身の上もさまざまですが、春着といえば華やかな印象があります。この華やかさこそが春着の本意です。

老いてだに嬉し正月小袖かな　信徳《しんとく》
／老いてだに嬉し／正月小袖かな／

句中の切れのある一物仕立て。正月小袖、すなわち春着を着るのは、若い娘たちだけでなく、年老いてもうれしいというのです。信徳は芭蕉と同じ時代の京の俳諧師です。

当りゐる焚火に春著焦すまじ　　池内《いけのうち》たけし

／当りゐる焚火に春著焦すまじ／

一物仕立て。焚火に当たっているのはきっと少女たち。あまり近づきすぎると美しい春着が焦げちゃうよ、そんなことにならないように、とからかっている。焚火のそばの春着の危うさが春着をいっそう華やかにしています。

ややねびし人の春著の濃紫　　松本《まつもと》たかし

／ややねびし人の春著の濃紫／

一物仕立て。やや年をとった女性の濃い紫の春着です。「ねびし」（終止形は「ねぶ」）は、年をとったという意味の古い言葉。古語を使ったのは、はっきりいうのをはばかって遠まわしにいったのです。

初湯《はつゆ》

上 初風呂《はつぶろ》・若風呂《わかぶろ》・若湯《わかゆ》・湯殿初《ゆどのぞめ》・初湯殿《はつゆどの》

新しい年の初めにお湯に入って身も心も清める。これが初湯の本意です。

わらんべの溺るるばかり初湯かな　飯田蛇笏

／わらんべの溺るるばかり／初湯かな／

句中の切れのある一物仕立て。「わらんべの溺るるばかりに初湯かな」ということで、幼子が溺れるくらいに豊かにあふれる初湯をほめたたえている。

湯をつかふ音もときめく初湯かな　日野草城《ひのそうじょう》

／湯をつかふ音もときめく初湯かな／

一物仕立て。初湯はお湯を汲《く》んだり、掛けたりする音も正月めいて改まった感じがするというのです。

初《はつ》夢《ゆめ》

上　夢祝《ゆめいわい》・夢流《ゆめなが》し・初枕《はつまくら》・獏枕《ばくまくら》

年の初めに見る夢。古くは新しい一年を占うものでした。そこで、みなめでたい夢を見たいと願ったのです。二十世紀を迎えると精神分析学の影響で夢は心の奥からの便りと考えられるようになりましたが、めでたい夢を見たいという願いは今も変わりません。しかし、夢は意のままにならぬもの。ときには不吉な夢も見るでしょうが、そんなものを初夢の句に詠んでもはじまりません。めでたくてこそ初夢、めでたく詠んでこそ初夢の句。これが初夢の本意です。

夢や眠りにかかわる季語には初夢のほか春の夢、昼寝などがあります。どれも現実から空想まで自由自在に詠むことができます。ただ、そこで大事なのは心の中に思い描いたこと、目には見えないことでも目に見えるように描くことです。

はつ夢や正《まさ》しく去年の放し亀　　言《ごん》水《すい》

／はつ夢や／正しく去年の放し亀／

句中の切れのある一物仕立て。初夢に現われた亀は去年の秋、放生会《ほうじょうえ》で放してやった亀にまちがいないというのです。万年生きるという亀も、その亀が放生会の亀であることもめでたい。

初夢の金粉を塗りまぶしたる　高浜虚子

／初夢の金粉を塗りまぶしたる／

一物仕立て。初夢で見たものが何かは知らず、金粉にまみれて輝いていたというのです。

初夢の扇ひろげしところまで　後藤夜半《ごとうやはん》

／初夢の／扇ひろげしところまで／

句中の切れのある一物仕立て。この句は「初夢の扇」とそのままつづけて読んでしまいそうになりますが、「初夢の」のあとでいったん切れます。「初夢は扇ひろげしところまで」ということです。こうしたなかなか厄介な「の」の使い方があります。

扇もまた末広がりなどといってめでたい縁起物の一つ。この句は初夢がその扇を広げたところで途絶えてしまったというのです。誰が扇を開いたのか、わかりませんが、扇というものから女性を想像します。そこで、ある女性が扇を開いたとなると、それからどうなったか知りたいわけですが、残念ながら夢はそこでおしまい。そのあとには扇の面影と、いい香りだけが残っている。

初夢のいきなり太き蝶の腹　宇佐美魚目《うさみぎょもく》

／初夢の／いきなり太き蝶の腹／

句中の切れのある一物仕立て。この句も夜半の句と同じく「初夢の」で切れます。初夢にいきなり太き蝶の腹が現われたというのです。これも厄介な「の」。

蝶とはいってもやはり昆虫ですから、その腹といえば気味の悪いもの。そんなものが夢に出てきたのですから、びっくりしたでしょうが、この句、何ともめでたい感じがする。それは蝶のきれいな羽も見えるからです。また、「いきなり」という景気のいい言葉が句を華やかにしています。

蝶の腹などというめでたいとは思われていないものに、めでたさを見出した句です。初夢の句はこういう詠み方もできるわけです。

初鴉《はつがらす》

上 初烏《はつがらす》

元日の烏が初烏。烏というと不吉な鳥と思う人もいますが、古くは神の使いとされてきました。初烏という季語も烏を瑞鳥ととらえます。これが本意。

雪山の大白《しろ》妙《たへ》に初烏　田村木国《たむらもっこく》

／雪山の大白妙に初烏／

一物仕立て。「雪山の大白妙に初烏がいる」というところを「初烏」で切った。雪を散らして飛ぶ初烏に正月の清らかさがあります。

ばらばらに飛んで向うへ初鴉　高野素十《たかのすじゅう》

／ばらばらに飛んで向うへ／初鴉／

句中の切れのある一物仕立て。初烏がばらばらに向こうへ飛んでいったというだけのことですが、「ばらばらに」という飛び方が烏らしい。

このように初烏はたとえ無理やりめでたく詠もうとしなくてもめでたい句になる。初烏という季語、とくに初の一字にめでたい気分があるからです。

若菜《わかな》

[上] 朝若菜《あさわかな》・磯若菜《いそわかな》・磯菜《いそな》・京若菜《きょうわかな》・千代名草《ちよなぐさ》・祝菜《いわいな》・粥草《かゆぐさ》・七草菜《ななくさな》

若菜は正月七日の七種粥を炊きこむ春の七草のこと。旧暦時代の新年は立春前後にめぐって来ましたから、すでに芽生えた若菜を摘んで春の訪れを喜び、粥に入れて食べて息災を祈ったのです。これが若菜という季語の本意です。

若菜をはじめ新年の季語には若水、若潮、若湯など「若」のつく季語があります。この「若」は若々しい、初々しいという意味の新年をことほぐ言葉です。

　梅若菜まりこの宿のとろゝ汁　　芭蕉

／梅若菜／まりこの宿のとろゝ汁／

取り合わせ。この句は「梅」と「若菜」と「まりこの宿のとろゝ汁」の三つの取り合わせですから、「梅」と「若菜」の間にも小さな切れがありますが、「梅若菜」と一気に威勢よく読みたいので／を省きます。

新春早々、大津から東海道を江戸へ下る門弟への餞別《せんべつ》の一句。道中、梅もほころび、若菜も芽吹くころ、丸子の宿では名物のとろろ汁をぜひ食べてごらん、というのです。

太陽暦の一月七日はまだ寒中ですから、若菜は芽生えていませんが、この季語の本意は旧暦時代と変わりません。ひと月先に訪れる春を早々と祝い、一年の無事息災を願うこと。

古 鍋 の 中 に 煮 え 立 つ 若 菜 か な　　尾崎紅葉《おざきこうよう》

／古 鍋 の 中 に 煮 え 立 つ 若 菜 か な／

一物仕立て。古びた鍋に若菜粥の緑が映えて、正月らしい質素で華やかな句です。

作者別掲載句索引

＊作者および句の配列は、五十音順

〈あ 行〉

相生垣瓜人
荒梅雨のその荒星が祭らるる 128

芥川龍之介
荒あらし霞の中の山の襞 30
木がらしや目刺にのこる海のいろ 163

安住　敦
しぐるるや駅に西口東口 166

飴山　實
白山の初空にしてまさをなり 216

阿波野青畝
あなたぬしあなおもしろと獅子跳ねて 228
美しき印度の月の涅槃かな 38
初富士を隠さうべしや深庇《ふかびさし》 218
河豚宿は此許《ここ》よ〳〵と灯りをり 180
三輪山を吸ふ心持屠蘇すすり 223

飯田蛇笏
秋立つや川瀬にまじる風の音 112
炎天を槍のごとくに涼気すぐ 74

雲ふかく蓬萊かざる山廬《さんろ》かな　230
わらんべの溺るるばかり初湯かな　221

飯田龍太

貝こきと嚙めば朧の安房の国　26
どの子にも涼しく風の吹く日かな　73
立春の甲斐駒ケ嶽畦の上　20

池内たけし

当りゐる焚火に春著焦すまじ　229

石田勝彦

山々の高くぞありし雑煮かな　226

石田郷子

思ふことかがやいてきし小鳥かな　130
木枯しの大きな息とすれ違ふ　163
春の山たたいてここへ坐れよと　31

石田波郷

朝顔の紺のかなたの月日かな　142
かなかなに母子の幮《かや》のすきとほり　134
雁《かりがね》や残るものみな美しき　132
春雪三日祭の如く過ぎにけり　27
百方に餓鬼うづくまる除夜の鐘　208
ほしいまま旅したまひき西行忌　39

石原舟月

炭竈に火のまはりたる暮雪かな　170

移竹

とかくして松一対のあしたかな　207

一茶

是がまあつひの栖《すみか》か雪五尺　169
獅子舞や大口明けて梅の花　227
白魚のどつと生るるおぼろかな　25

菜の花にまぶれて来たり猫の恋 41
火のけなき家つんとして冬椿 152
目出度さもちう位なりおらが春 211
浴《ゆあみ》して我が身となりぬ盆の月 118

稲畑汀子
新走その一掬《いっきく》の一引《いちびき》を 129
落椿とはとつぜんに華やげる 45

上田フサ子
広島忌蟬は鳴きつつ焼かれたる 108

上野　泰
貫はれる話を仔猫聞いてをり 43

宇佐美魚目
馬もまた歯より衰ふ雪へ雪 171
初夢のいきなり太き蝶の腹 233
蓬萊や竹つたひくる山の水 222

宇多喜代子
蚊帳の中いつしか応えなくなりぬ 83

及川　貞
老いてこそなほなつかしや雛飾る 34

大江丸
水仙に日のあたるこそさむげなれ 188
若竹に折ふし雲の往来《ゆきき》かな 100

大峯あきら
初空といふ大いなるものの下 215

小栗たゑ
沖縄や悲しき歌を晴晴と 152

尾崎紅葉
古鍋の中に煮え立つ若菜かな 236

鬼　貫

秋風の吹きわたりけり人の顔　179
あらたのし冬たつ窓の釜の音　21
行水の捨てどころなき虫の声　112
そよりともせいで秋たつ事かいの　135
永き日を遊び暮れたり大津馬　159
鰒喰うて其の後雪の降りにけり　121

〈か　行〉

鍵和田秞子

凩にこころさすらふ湯呑かな　163

春日愚良子

焚火から焚火へ移る火の女神　178

桂　信子

たてよこに富士伸びてゐる夏野かな　76
花の中太き一樹は山ざくら　48

加藤楸邨

天の川わたるお多福豆一列　120
おぼろ夜のかたまりとしてものおもふ　26
屠蘇くむや流れつつ血は蘇へる　223
百代の過客しんがりに猫の子も　42

角川源義

花あれば西行の日とおもふべし　40

金子兜太

おおかみに蛍が一つ付いていた　93
人体冷えて東北白い花盛り　51

川崎展宏

鮎の腸口をちひさく開けて食ふ　90
炎天へ打つて出るべく茶漬飯　75
鶏頭に鶏頭ごつと触れゐたる　143

箸置に箸八月十五日 136
虫ごゑの千万の燈《ともし》みちのくに 108

川端茅舎
新涼や白きてのひらあしのうら 113
立春の雪白無垢の藁家かな 20
若竹や鞭の如くに五六本 101

河原枇杷男
或る闇は蟲の形をして哭《な》けり 136

其角
越後屋に衣さく音や更衣 80
声かれて猿の歯白し峰の月 115
綿とりてねびまさりけり雛の顔 33

季吟
雪月花一度に見する卯の木かな 98
まざ〳〵といますがごとしたままつり 109

几董
短夜や空とわかるる海の色 64
酔李白師走の市《いち》に見たりけり 202

京極杞陽
わが知れる阿鼻叫喚や震災忌 108

暁台
海の音一日遠き小春かな 161
ひぐらしや明るき方へ鳴きうつり 134

去来
秋風やしらきの弓に弦《つる》はらん 122
卯の花の絶え間たたかん闇の門 98
尾頭のこころもとなき海鼠かな 181
蛍火や吹とばされて鳰のやみ 92

許　六
けふ限り春の行方や帆かけ船 24
手ざはりも紙子の音の落葉かな 186
久保田万太郎
あはゆきのつもるつもりや砂の上 28
数へ日となりたるおでん煮ゆるかな 203
夏の夜のふくるすべなくありにけり 65
短夜のあけゆく水の匂かな 64
湯豆腐やいのちのはてのうすあかり 67
久米三汀
雪の中珠や埋め去る狐かな 178
倉田紘文
約束のごとくに二つ返り花 184
後藤夜半
いなづまの花櫛に憑く舞子かな 125
十五夜の雲のあそびてかぎりなし 117
滝の上に水現れて落ちにけり 77
初夢の扇ひろげしところまで 232
言　水
卯の花も白し夜なかの天の川 98
凩の果はありけり海の音 162
釣りそめて蚊屋面白き月夜かな 83
はつ夢や正《まさ》しく去年の放し亀 231
〈さ　行〉
才　麿
旅人となりにけるより新酒かな 129

坂内文應

奈良うちは鹿の見てゐるうねび山　84

篠原鳳作

月光の重たからずや長き髪　116

芝　不器男

永き日のにはとり柵を越えにけり　21

清水芳朗

桔梗の生涯といふべかりけり　146

丈　草

雪の日をおされて見ばや年の市　204

召　波

憂きことを海月《くらげ》に語る海鼠かな　181

卯の花や茶俵作る宇治の里　99

音なしに春こそ来たれ梅一つ　19

一函の皿あやまつやすす払ひ　205

白　雄

天の川星より上に見ゆるかな　120

信　徳

老いてだに嬉し正月小袖かな　228

杉田久女

谺《こだま》して山ほととぎすほしいまゝ　88

鈴木花蓑

山茶花や落花かゝりて花盛　185

老夫婦鼻つき合せ煤ごもり　206

鈴木真砂女

数へ日や鋸引きの大鮪　203

生涯を恋にかけたる桜かな　47

青蘿
更衣うすき命を祝ひけり 221
蓬莱のうへにやいます親二人 80

素丸
初雁《はつかり》や空にしらるる秋の道 133

素堂
涅槃会や花も涙をそゝぐやと 16
はつ空や寝まきながらに生れけり 214
目には青葉山ほとゝぎすはつ松魚 37

曾良
押合を見物するや年の市 122
終宵《よもすがら》秋風聞くやうらの山 204

〈た行〉

太祇
ぼうたんと豊かに申す牡丹かな 96

高野素十
桔梗の花の中よりくもの糸 109
翠黛の時雨いよいよはなやかに 234
雪片のつれ立ちてくる深空かな 169
ばらばらに飛んで向うへ初鴉 165
闇美し泉美し夏祓 145

高浜虚子
明易や花鳥諷詠南無阿弥陀 14
天地の間にほろと時雨かな 138
いつ死ぬる金魚と知らず美しき 91
大紅葉燃え上らんとしつゝあり 165
風が吹く仏来給ふけはひあり 71

神にませばまこと美はし那智の滝　78
金の輪の春の眠りにはひりけり　36
去年今年貫く棒の如きもの　213
咲き満ちてこぼるゝ花もなかりけり　51
白牡丹といふといへども紅ほのか　96
其中《そのなか》に金鈴《きんれい》をふる虫一つ　136
初空や大悪人虚子の頭上に　215
初夢の金粉を塗りまぶしたる　232
春の山屍を埋めて空しかり　31
百官の衣更へにし奈良の朝　80
湖《みづうみ》もこの辺にして雁渡る　132
三つ食へば葉三片や桜餅　35
揺らげる歯そのまま大事雑煮食ふ　225

高浜年尾

除夜の鐘撞きに来てゐる鳥羽の僧　208

田口悠香

友は果てわれのその後や長崎忌　108

竹下しづの女

短夜や乳ぜり泣く児を須可捨焉乎《すてつちまおか》　70

田中裕明

黒髪の根よりつめたき雛かな　34

谷野予志

明易くなほ明易くならむとす　71

田村木国

雪山の大白妙《しろたへ》に初鳥　234

千代

水仙の香も押し合ふや年の市　205
若水や流るるうちに去年ことし　213

樗　堂

はらはらと稲妻かかるばせをかな　125

樗良
朝皃《あさがほ》や露もこぼさず咲きならぶ 211
袖口に日の色うれし今朝の春 140
貞室
これは〳〵とばかり花の吉野山 50
桃隣
昼舟に乗るやふしみの桃の花 53
土芳
松飾るまつにいさんで雪ぞ降る 207
富安風生
一片の紅葉を拾ふ富士の下 139
友岡子郷
跳箱の突き手一瞬冬が来る 160

〈な行〉

中川宋淵
花の世の花のやうなる人ばかり 52
中田剛
修学院村にやすらふ春霞 30
中村草田男
降る雪や明治は遠くなりにけり 59・150・170
中村汀女
あるときの我をよぎれる金魚かな 92
衣更へて遠からねども橋ひとつ 81
仁尾正文
頑丈に生んでくれたる柚子湯かな 173

西嶋あさ子
前《さき》の世もその前《さき》の世も海鼠かな　183

〈は　行〉

梅　室
あつ物に坐敷《ざしき》くもるや后《のち》の月　118
指につくとそも一日匂ひけり　222

橋本鶏二
火を埋むこころ埋むるごとくせり　176
雌狐の尾が雄狐の首を抱く　179

橋本多佳子
七夕や髪ぬれしまま人に逢ふ　127

芭　蕉
秋涼し手毎にむけや瓜茄子　113
あさよさを誰まつしまぞ片ごゝろ　154
あられせば網代の氷魚を煮て出さん　166
生きながら一つに氷る海鼠かな　180
石山の石より白し秋の風　68
命二つの中に生きたる桜かな　46
馬ぼくぼく我を絵に見る夏野かな　75
馬をさへながむる雪の朝《あした》かな　168
梅若菜まりこの宿のとろゝ汁　235・16
折《おり》／＼に伊吹《いぶき》を見てや冬籠　174
歩行《かち》ならば杖つき坂を落馬哉　153
辛崎の松は花より朧にて　24
象潟や雨に西施がねぶの花　155
金屏の松の古さよ冬籠り　174
凩に匂ひやつけし帰花　184
このあたり目に見ゆるもの皆涼し　73
薦《こも》を着て誰人います花のはる　210
さま／″＼の事思ひ出す桜かな　46
嶋々や千々にくだきて夏の海　154
白露もこぼさぬ萩のうねりかな　144

七夕や秋を定むる夜のはじめ　109・126
年どしや猿に着せたる猿の面　13
夏草や兵共《つわものども》がゆめの跡　9
夏の夜や崩れて明けし冷しもの　72
何に此の師走の市に行く烏　201
何の木の花とは知らず匂ひかな　51
芭蕉葉を柱に懸けん庵の月　115
初しぐれ猿も小蓑をほしげ也　164
春立ちてまだ九日の野山かな　19
春なれや名もなき山の薄霞　29
一つ脱いで後《うしろ》に負ひぬ衣がへ　79
一家に遊女も寝たり萩と月　145
雲雀より空にやすらふ峠かな　43
蓬莱に聞かばや伊勢の初便　219
ほととぎす大竹藪《おおたけやぶ》を漏《も》る月夜　86
むさし野やさはるものなき君が笠　154
物言へば唇《くちびる》寒し秋の風　123
病雁《やむかり》の夜寒《よさむ》に落ちて旅寝かな　131
行く春を近江の人と惜しみける　16・23

わせの香や分入《わけいる》右は有磯海《ありそうみ》　57

原　石鼎

秋風や模様のちがふ皿二つ　123

日野草城

さくら餅うち重りてふくよかに　35
山茶花やいくさに敗れたる国の　186
白々と女沈める柚子湯かな　173
手をとめて春を惜めりタイピスト　105
湯をつかふ音もときめく初湯かな　230

平井照敏

雲雀落ち天に金粉残りけり　44

廣瀬直人

春眠の中に入りきて鯉うごく　37

蕪　村

秋をしむ戸に音づるる狸かな　105
朝がほや一輪深き淵のいろ　141
鮎くれてよらで過ぎ行く夜半の門　90
稲妻や浪もてゆへる秋津島　125
埋火や終《つい》には煮ゆる鍋のもの　176
卯の花のこぼるる蕗の広葉かな　99
遅き日のつもりて遠きむかし哉　22
思ふことといはぬさまなる生海鼠《なまこ》かな　182
金屏のかくやくとしてぼたんかな　95
小鳥来る音うれしさよ板びさし　130
地車のとゞろとひゞくぼたんかな　95
粽解いて蘆吹く風の音聞かん　82
ちりてのちおもかげにたつ牡丹かな　94
桃源《とうげん》の路次《ろじ》の細さよ冬ごもり　174
花に遠く桜に近しよしの川　47
はるさめや暮《くれ》なんとしてけふも有《あり》　10
冬ごもり心の奥のよしの山　175
ほうらいの山まつりせむ老の春　220
牡丹散つてうちかさなりぬ二三片　94
短夜や枕にちかき銀屏風　70
三椀の雑煮かゆるや長者ぶり　225

星野立子

障子しめて四方《よも》の紅葉を感じをり　138

細見綾子

鶏頭を三尺はなれもの思ふ　143
春の雪青菜をゆでてゐたる間も　27
ふだん着でふだんの心桃の花　53

凡　兆

ながながと川一筋や雪の原　168

〈ま 行〉

前田普羅

人の如く鶏頭立てり二三本 143

正岡子規

いくたびも雪の深さを尋ねけり 61・169

松本たかし

柄を立てて吹飛んで来る団扇かな 84
恋猫やからくれなゐの紐をひき 41
水仙や古鏡の如く花をかかぐ 188
玉の如き小春日和を授かりし 161
とつぷりと後ろ暮れゐし焚火かな 177
ややねびし人の春著の濃紫 229

水原秋桜子

天平のをとめぞ立てる雛かな 33
むさしのの空真青なる落葉かな 187

三橋鷹女

この樹登らば鬼女となるべし夕紅葉 138

武藤紀子

地獄絵の女は白し秋の風 123

村上鬼城

草の戸にひとり男や花の春 211

〈や 行〉

野 坡

猫の恋初手から鳴きて哀れなり 40

山上樹実雄

少年の老いたるわれか桃の花 53
滝のおもてはよろこびの水しぶき 77

山口誓子

海に出て木枯帰るところなし　167
磐石をめがけて霰降り集ふ　162

山口青邨

極月の人々人々道にあり　202
旅人の雁をかぞへて日をかぞふ　132
みちのくの如く寒しや十三夜　119

吉田冬葉

初富士やさかさにかかる梯子乗《はしごのり》　217

〈ら行〉

闌更

星きらきら氷となれるみをつくし　171

嵐雪

梅一輪一輪ほどの暖かさ　14
文もなく口上もなし粽五把　82

蓼太

さむしろや門で髪ゆふ盆の月　117
行く春や一声青きすだれうり　24

涼菟

清浄な葉のいきほひや水仙花　187

浪化

鵯の嘴入るる椿かな　45

路通

雑煮ぞと引きおこされし旅寝かな　224

〈わ 行〉

鷲谷七菜子
山河けふはればれとある氷かな　172

渡辺水巴
月光にぶつかつて行く山路かな　115

すべては芭蕉から生まれた

近年の私の俳論はすべて芭蕉から生まれた。

古池や蛙飛《とび》こむ水のおと　芭蕉

まず、二〇〇四年に蕉風開眼の一句について『古池に蛙は飛びこんだか』（二〇〇五年、花神社）を書いた。この本の主題である芭蕉論はその後、『「奥の細道」をよむ』（二〇〇七年、ちくま新書）となり、今後、歌仙の評釈、全句の評釈へとつづいてゆくはずである。

一方、『古池に蛙は飛びこんだか』の副産物である俳句の方法論は『一億人の俳句入門』（二〇〇五年、講談社）となった。これを総論とすると、本書『一億人の季語入門』は季語についての各論であり、現在、「NHK俳句」（NHK出版）に連載中の『一億人の「切れ」入門』は切れをめぐる各論である。あわせて三部作になるだろう。

最後に「実作への栞」および『俳句』連載時から熱心に読んでいただいた読者の方々と、『俳句』の海野謙四郎前編集長、河合誠編集長、塩谷郁子さんにお礼を申し上げます。

二〇〇八年清明

長谷川　櫂

本書は、次の二つの連載を再構成した。
『角川俳句大歳時記』（全五巻、二〇〇六年、角川学芸出版）
の付録「実作への栞―季語の使い方」（一）～（五）
俳句総合誌『俳句』（角川学芸出版）二〇〇七年一月号～
十二月号「一億人の季語入門」

角川学芸ブックス

一《いち》億《おく》人《にん》の季《き》語《ご》入《にゅう》門《もん》

初版発行　平成二十年五月三十日

著　者……長《は》谷《せ》川《がわ》　櫂《かい》

発行者……青木誠一郎

発行所……株式会社 角川学芸出版
東京都文京区本郷五―二十四―五　角川本郷ビル
〒一一三―〇〇三三
電話／編集　〇三―三八一七―八五三五
http://www.kadokawagakugei.com/

発売元……株式会社 角川グループパブリッシング
東京都千代田区富士見二―十三―三
〒一〇二―八一七七
電話／営業　〇三―三二三八―八五二一
http://www.kadokawa.co.jp/

ブックデザイン……片岡忠彦

印刷所……三協美術印刷株式会社

製本所……株式会社 鈴木製本所

落丁・乱丁本はご面倒でも角川グループ受注センター読者係宛にお送りください。
送料は小社負担でお取り替えいたします。

ISBN978-4-04-621263-4 C0395